Ronald M. Hahn

Vampire

wie du und ich

ENSSLIN & LAIBLIN VERLAG REUTLINGEN

Umschlaggestaltung: Pieter Kunstreich

 Satz: ensslin-typodienst. Reproduktion: Gröning Reproduktion GmbH, Ditzingen. Gesamtherstellung: Ebner Ulm. Printed in Germany. ISBN 3-7709-0734-5

Ein seltsamer Fund

Schon acht Wochen, nachdem Heiner Schmidt vom Direktor des Grausewitz-Gymnasiums an die Luft gesetzt worden war, erkannte er, daß er in seinem neuen Wirkungskreis auf der Stelle trat – was seine Streiche anbelangte.
Die Schule, in der er jetzt büffelte, stellte sich ihm als Ausbund an Langeweile dar, was aber beileibe nichts mit den Lehrern zu tun hatte, sondern mit den Schülern: Sie waren so brav und fleißig wie die Generation seines Großvaters. Das Lehrpersonal hingegen bestand ausnahmslos aus jungen Leuten, die hauptsächlich in selbstgestrickten Pullovern, Jeans und Turnschuhen auftraten und Heiners Streiche wider Erwarten lustig fanden. Deswegen machte es ihm bald keinen Spaß mehr, ihnen Zettel auf den Rücken zu kleben, auf denen Sprüche wie: »Ich bin noch zu haben« oder: »Auch ich war ein Jüngling mit lockigem Haar« standen.
Nachdem Heiner seine Talente ausgiebig bewiesen hatte – unter anderem hatte er im Unterricht einem Dutzend Spinnen die Freiheit geschenkt, die er zuvor in Nachbars Garten gefangen hatte –, lobten ihn die Lehrer wegen seines Einfallreichtums

und stellten ihn der Klasse als Beispiel eines aufgeweckten Schülers hin. Dies war Heiner furchtbar peinlich. Lob war das letzte, was er von seinen natürlichen Feinden erwartete. Das Lehrerlob zeigte ihm außerdem, daß er auf seine Meister gestoßen war. Die ausgefuchsten Pauker der neuen Schule entsprachen in keiner Weise dem Klischee des früh vergreisten, weltfremden Akademikers. Es war einfach noch nicht lange genug her, seit sie selbst die Schulbank gedrückt hatten. Sie kannten jeden Trick und jede faule Ausrede.
Nach acht Wochen also wurde Heiner klar, daß er es nicht schaffen würde, sie auf die Palme zu bringen, und so beschloß er, nach anderen Opfern Ausschau zu halten. Ein besonderer Dorn im Auge waren ihm jene seiner Mitschüler, die stets mit Ernst bei der Sache waren und sich schon mit vierzehn Jahren Gedanken über ihre Rente machten. Ein Blick in den »Kracher«, die Schülerzeitung, zeigte ihm schnell, wo sich der Einsatz lohnte. Das Blättchen wurde offenbar von einer Gruppe humorloser Streber gemacht, die sich viermal im Jahr in langweiligen und korrekt formulierten Aufsätzen über das Freizeitverhalten der Nasenbären, die Balztänze der Häher, die Verwendung des Konjunktivs bei Joseph Freiherr von Eichendorff und andere spannende Themen ausließen.
Selbst die Pauker stöhnten, wenn sie den »Kracher« lasen; im Lehrerzimmer fand das Blatt kaum mehr Anklang als auf dem Schulhof. Der »Kracher« wurde seinem Namen von Ausgabe zu Ausgabe

weniger gerecht, und das, fand Heiner, schrie geradezu nach seinen Talenten. Als Sohn des zerstreutesten Schriftstellers der Welt stand ihm das gedruckte Wort natürlich besonders nahe.
Und so sah er es als seine Pflicht an, ein gehöriges Maß an Witz in die Schulgazette zu bringen – schon um zu verhindern, daß einem bei der Lektüre die Füße einschliefen.
Um die einfallslosen Schreiberlinge zu beeindrukken, die den »Kracher« herausgaben, bewarb sich Heiner mit einem gestelzten Brief um Aufnahme in die Redaktion. Er hatte Glück: Man brauchte gerade jemand für das Ressort »Unsere geliebten Heimatdichter«. Heimatdichter waren allerdings ungefähr das letzte, was Heiner interessierte, aber immerhin hatte er schon mal einen Fuß in der Tür. Ob Lehrer, Mitschüler oder Heimatdichter – ein cleverer Junge wie er konnte alles veralbern. Kommt Zeit, kommt Rat.
Die erste Redaktionssitzung, an der Heiner teilnahm, fand am letzten Schultag vor den Ferien statt. Wie es seine Art war, kam er etwas zu spät, weswegen ihn beim Eintreten niemand eines Blikkes würdigte.
Die Schüler des Heinrich-Heine-Gymnasiums waren nämlich pünktlich.
Daß sie einen roten Teppich ausrollten und ihn mit Hallo begrüßten, hatte Heiner zwar nicht erwartet, aber daß die fünf Burschen nicht mal den Kopf hoben, als er zur Rettung des »Krachers« nahte, wurmte ihn doch.

Hatte es sich etwa noch nicht herumgesprochen, daß er der legendäre Autor des spritzigen Einakters »Wie Lehrer Grausewitz mal wieder das Abendland vor dem Untergang rettete« war? Wahrscheinlich hatten diese müden Knaben noch nicht einmal von dem berühmten Oberstudienrat Grausewitz gehört, der sich 1832 ins afrikanische Mulungu aufgemacht hatte, um den dortigen Kannibalen die deutsche Sprache und das Bergische Heimatlied beizubringen. Das Grausewitz-Gymnasium hatte sich äußerst erbost über die Verunglimpfung des Andenkens dieses großen Mannes gezeigt. Immerhin hatte der große Grausewitz auch den stufenlos verstellbaren Sockenhalter und die gummilose Schnurrbartbinde erfunden. Wahrscheinlich hatten die »Kracher«-Macher auch noch nichts vom »Heuler« gehört, jener Schülerzeitung, für die Heiner zuvor geschrieben hatte. Nun gab es den »Heuler« nicht mehr – seinetwegen.
Vielleicht war es besser, wenn er den »Kracher«-Redakteuren vorerst nichts davon erzählte.
Chefredakteur Kalle Kraushaar begrüßte Heiner endlich mit einem lässigen Wink, aber damit hatte es sich auch schon. Die restlichen Anwesenden gähnten, kratzten sich am Kopf, zupften sich an der Nase oder schauten zur Decke. Heiner erkannte mit einem Blick, daß keiner von ihnen eine Idee hatte, wie man die Schülerzeitung vor dem Eingehen bewahren konnte. Verständlich – am letzten Schultag waren sie in Gedanken schon unterwegs in den sonnigen Süden oder in die Eifelwälder.

Der »Kracher« hatte, wie Heiner kurz darauf zu hören bekam, mit einem Problem zu kämpfen, das ihn nicht sonderlich überraschte: Nicht nur die Leser meuterten, wenn man sie in der Pause zwang, freiwillig ein Exemplar zu kaufen. Auch die »Alten Herren«, eine Gruppe von ehemaligen Schülern, die mittlerweile im Berufsleben standen, hatten ihrem Abscheu deutlich mittels eines Briefes Ausdruck verliehen. Ihrer Meinung nach bestand das Blatt aus Witzen, die jeder kannte; aus krakeligen Karikaturen, die Politiker veräppelten, die sowieso schon im ganzen Land untendurch waren; aus Kreuzworträtseln, die sich nicht auflösen ließen, und aus Lobhudeleien von Popmusikgrößen, die vier Wochen später niemanden mehr interessierten. Die gebildeten Aufsätze über das Freizeitverhalten der Nasenbären, die Balztänze der Häher und die Verwendung des Konjunktivs bei Joseph Freiherr von Eichendorff hatten die »Alten Herren« gnädig übergangen – wahrscheinlich waren sie ihnen so fad erschienen, daß keiner sie gelesen hatte. »Und was die Rechtschreibung des ‚Krachers' anbetrifft«, so endete der Brief, »so wäre es dringend angebracht, wenn ihr Euch entschließen könntet, einen Duden zu kaufen. Manche der ‚Kracher'-Autoren können nicht einmal einen Punkt von einem Komma unterscheiden.«
Das war natürlich maßlos übertrieben, fand die Redaktion – schließlich mußte sie etwas zu ihrer Verteidigung vorbringen. Aber ernst war die Lage trotzdem. Die »Alten Herren« hatten nämlich an-

gedroht, dem »Kracher« ihre Gunst zu entziehen, wenn sich nicht bald etwas änderte. Und das, fand Kalle Kraushaar, war die Horrormeldung des Monats; die »Alten Herren« bezuschußten das Blatt nämlich mit zweihundert Mark pro Ausgabe.
»Wir müssen dieses Schreiben sehr ernst nehmen«, führte Kalle aus. »Wenn es uns nicht gelingt, mehr Pep und Witz ins Blatt zu bringen, drehen sie uns den Geldhahn zu. Die nächste Nummer wollen sie noch finanzieren, aber dann . . .«
Kalles Worte hingen so unheilverkündend im Raum, daß Heiner sich an das vielzitierte Schwert des Damokles erinnert fühlte. Doch die Redaktion schien sie nicht recht verstanden zu haben. Alle taten so, als wären sie nicht gemeint und murmelten etwas in ihren nichtvorhandenen Bart.
»Was sagt ihr dazu, Männer?« fragte Kalle.
»Ähm . . .«
»Nun . . .«
»Tja . . .«
Heiner erkannte glasklar: Die Luft war raus. Die Redaktion hatte keine Ideen mehr. Sie war abgewirtschaftet. Was hatten die Jungs doch für ein Glück, daß er zu ihnen gestoßen war – Heiner Schmidt, der kreative Geist! Er war bereit, aus dem seriösen »Kracher« ein Witzblatt ersten Ranges zu machen. Natürlich durfte niemand etwas von seinen Plänen erfahren.
»Also«, sagte Kalle, der selbst kaum ein Gähnen unterdrücken konnte, »wer hat interessante Themenvorschläge?«

Schwupp! Alle starrten wieder an die Decke, kratzten sich am Kopf, zupften sich an der Nase.
Der Fall war klar. Hier herrschte die totale Unlust.
Heiner räusperte sich. Er wollte gerade etwas sagen, als Siggi sich zu Wort meldete.
Siggi war der einzige an dieser Schule, der Humor hatte, auch wenn er ihn meist ungewollt zeigte.
»Ich habe doch noch dieses bombige Spottgedicht auf Goethe in der Schublade . . .«
Die Redaktion stöhnte auf.
»Oh, nein!«
»Nicht schon wieder!«
»Wir haben es schon so oft abgelehnt«, murrte Kalle, »daß ich es nicht mehr zählen kann.«
»Vielleicht sollten wir mal die besten Stellen aus Siggis Aufsätzen bringen«, witzelte der schöne Elmar. »Zum Beispiel: ‚Das Schwein trägt seinen Namen völlig zu Recht, denn es ist wirklich eins.'«
Die Redaktion wieherte. Kalle lehnte sich zurück, zog einen Zettel aus der Tasche und sagte: »Das hier hat er heute fabriziert. Ich hab' mitgeschrieben: ‚Der Löwe sprang mit einem Satz auf Androklus zu, doch dann leckte er ihm das Gesicht ab. – Die Römer hatten das Gegenteil erwartet.'«
Die »Kracher«-Redakteure fielen brüllend über die Tische, und Sommersprossen-Roderich gackerte aufgeregt: »Sein bester Spruch ist und bleibt der hier: ‚Was für die Pflanzen der Mist ist, ist für den jungen Menschen die Schule.'«
Siggi schlug beide Hände vors Gesicht. Natürlich ärgerten ihn seine Stilblüten gewaltig, aber das än-

derte nichts daran, daß er sich für einen Dichter und Goethe für eine Null hielt. Leider war ihm noch nie ein Zweizeiler gelungen, der sich reimte.
»Ähm«, machte Heiner, während die Anwesenden nach Luft rangen, »wenn ich mal etwas zur Sache sagen darf . . .«
Alle Köpfe fuhren herum.
»Ja, Heiner?« fragte Kalle hoffnungsvoll.
»Also, ich sehe die Lage so«, Heiner räusperte sich und stand auf. »Ein Blinder kann sehen, daß der ‚Kracher' erledigt ist, wenn wir uns nicht ganz schnell auf ein Konzept einigen, mit dem wir ihn interessanter machen können. Ich sehe aber auch, daß ihr nichts anderes im Kopf habt, als nach Hause zu rennen, um die Urlaubskoffer zu packen.«
Heiner holte tief Luft. »Es geht um das Überleben des ‚Krachers'. Da gilt es, alle Register zu ziehen, die wir auf Lager haben.« Er musterte die Redakteure der Reihe nach. »Aber wie ich sehe, habt ihr absolut nichts auf Lager.«
»He, he, he, heee!« kam es empört aus allen Ecken.
Heiner hob eine Hand. »Es war nicht böse gemeint. Ich sehe ja ein, daß eine Redaktion auch mal ausspannen muß . . .«
»Sehr richtig!« sagte der schöne Elmar. Die anderen pflichteten ihm bei.
» . . . deswegen schlage ich vor, daß die nächste Nummer von einer Ersatzredaktion gestaltet wird«, fuhr Heiner fort.
»Von einer Ersatzredaktion?« riefen alle. »Wer soll das denn sein?«

»Nun«, sagte Heiner mit einem gewinnenden Lächeln, »ich denke dabei speziell an Theo Schmitz, Sepp Grantlhuber, Henry von Humpermann und mich. Ich bleibe nämlich in den Ferien zu Hause und habe jede Menge Zeit.« Er blickte sich triumphierend um.
Doch statt des erwarteten Jubels sah er nur lange Gesichter, und Kalle Kraushaar sagte stirnrunzelnd: »Wer, zum Kuckuck, ist Theo Schmitz?«
»Und wer«, fuhr der schöne Elmar fort, »sind Sepp Grantlhuber und Henry von Humpermann?« Er schenkte Heiner einen mißtrauischen Blick. »Sind die überhaupt an unserer Schule?«
Heiner kreuzte die Zeige- und Mittelfinger beider Hände hinter dem Rücken und erwiderte: »Klar! – Es handelt sich um die Decknamen von drei Topschülern, die wie ich früher auf der Grausewitz-Schule waren.«
Was in gewisser Hinsicht den Tatsachen entsprach. Bloß waren Theo Schmitz, Sepp Grantlhuber und Henry von Humpermann ein und dieselbe Person: Diese Decknamen gehörten ausnahmslos einem gewissen Heiner Schmidt.
Leider hatte Heiner vergessen, daß der geschwätzige Pit Pallenberg, der ebenfalls zeitweilig das Vergnügen gehabt hatte, die Grausewitz-Schule zu besuchen, davon wußte. Und Pit mußte es den anderen natürlich brühwarm erzählen.
Alle lachten, Kalle inklusive. Der schöne Elmar schrie: »Hört euch diesen Angeber an! Er will den ‚Kracher' allein schreiben!«

Sommersprossen-Roderich kicherte. »Wir sollten einen Arzt rufen.«
Heiner war leicht irritiert. Und wie immer, wenn er leicht irritiert war, spürte er, wie seine Ohren wackelten. Zu seiner Überraschung machte dies Eindruck auf die »Kracher«-Redaktion.
»Hehe!« machte Kalle, als er es sah.
»Hoho!« machte Siggi.
»Hihi!« machte Pit.
»Nicht übel«, sagte Kalle Kraushaar. »Wirklich, nicht übel. Wie machst du das?« Er warf einen belustigten Blick in die Runde. »Der Typ ist durchaus talentiert.«
Heiner wußte zwar nicht, was das Ohrenwackeln mit seinen Talenten als Scherzbold zu tun hatte, aber ihm wurde klar, daß dies eine Fähigkeit war, die die Bande beeindruckte. Hatten seine Ohren etwa magische Kräfte?
»Wenn er so gut schreibt, wie er mit den Ohren wackelt«, meinte Siggi, »sollte man das Experiment vielleicht wagen.«
»Ja«, Kalle kniff nachdenklich die Augen zusammen, »Humor müßte die ‚Alten Herren' eigentlich wieder mit dem ‚Kracher' versöhnen.«
Heiner sah sich belustigt um. »Ich schlage vor, daß wir die nächste Nummer unter das Thema Satire und Theologie stellen. Dafür bin ich genau der Richtige.«
Kalle kicherte. »Das glaube ich auch.«
Auch Sommersprossen-Roderich nickte. Der schöne Elmar sagte nichts, aber sein Gesichtsausdruck

verriet, daß er sich fragte, was Satire wohl mit Theologie zu tun habe. Siggi wiegte versonnen sein Haupt. Dann erzählte Pit Pallenberg der Redaktion von Heiners legendärem Aufsatz: »Wie ich einmal mit einer einfachen Drahtschere im Zoo für Aufregung sorgte«.
Das überzeugte auch den letzten Zweifler.
»Satire und Theologie«, murmelte Kalle gedankenverloren. »Es klingt tatsächlich vielversprechend.« Er zog die Brauen hoch. »Wenn auch nicht gerade seriös.«
»Die Satire darf alles«, warf Heiner schnell ein. »Das hat schon der alte Tucholsky gesagt.«
»Ich könnte so was auch schreiben«, warf Siggi ein, der seine Position als Dichter gefährdet sah. »Mehr als eine halbe Stunde bräuchte ich nicht dazu.«
»Dann tu's doch«, forderte Sommersprossen-Roderich ihn auf.
»Aber leider fliegen wir heute abend nach Jamaika«, sagte Siggi eilig. »Und ich muß noch meinen Koffer packen.«
»Ich meine es ernst«, sagte Heiner, der fest entschlossen war, alle Register seines Könnens zu ziehen. »Wenn ihr wieder da seid, ist der ‚Kracher' fix und fertig.«
»Ich beantrage eine Abstimmung«, sagte der schöne Elmar und warf einen Blick auf seine Uhr.
»Ich unterstütze den Antrag«, sagte Heiner flink. Man stimmte ab. Heiner gewann haushoch – ohne Gegenstimmen und Enthaltungen. Das Ergebnis stand kaum fest, als die Redakteure geschlossen ihr

Zeug einpackten und sich zwinkernd auf den Heimweg machten.
»Da siehst du, wie's um die Kampfmoral steht«, sagte Kalle leicht verdrossen. »Die würden nicht mal arbeiten, wenn's Geld dafür gäbe.«
Heiner blieb allein zurück. Er fühlte sich wie der einsame Held auf weiter Flur. Jetzt lag alles an ihm. Es war ein tolles Gefühl. In Siegerlaune schwelgend schritt er durch den Korridor, und sein Kopf schwebte mehr oder weniger über den Wolken.
Als er das Schulgebäude verließ und sich in alle Windrichtungen umsah, schien die Sonne. Der Himmel war blau. Die Bäume bogen sich in einer sanften Brise. Die Vögel zwitscherten. Die Luft roch nach Abgasen. Kurz gesagt: Es war das reinste Großstadtparadies. Als er sich am Tor auf sein Fahrrad schwingen wollte, um nach Hause zu radeln, ließ ihn etwas stutzen.
Da kam ein finsterer Mann des Wegs. Er hatte dunkle Augen, die fiebrig glänzten, und trug einen Schlapphut. Der Mann war ganz in Schwarz gekleidet. Der lange Umhang, der um seine Schultern wehte, erinnerte Heiner an den Kinoheuler »Graf Dracula im Schwarzwald«, der seinem Freund Fuzzi besonders gut gefallen hatte. Der Obervampir war durch eine bekannte TV-Klinik geschlichen und hatte nach Blutkonserven gesucht.
Doch der finstere Typ, der nun an Heiner vorbeiging, sah noch unheimlicher aus als der Schauspieler, der die Rolle des Grafen wahrscheinlich aufgrund seiner schlechten Finanzlage hatte spielen

müssen. Dieser hier fletschte die Zähne und ballte im Gehen die Fäuste. Der Mann sah aus, als hätte er Magenschmerzen.
Wahrscheinlich ein Exschüler, der durchs Abi gerasselt war. Dieser Blick!
Wie mußte er die Penne hassen!
Als der Mann an Heiner vorbeigegangen war, machte es »plopp!«.
Unter dem Umhang der finsteren Gestalt rutschte etwas hervor und fiel auf den Boden.
Fast gleichzeitig betätigte ein Autofahrer seine Hupe, um eine Katze zu verscheuchen, die über die Straße lief. Der Klang der Hupe übertönte das »plopp«, so daß der Mann nicht merkte, daß er etwas verloren hatte. Im nächsten Augenblick bog er um eine Straßenecke.
»He, Meister!« rief Heiner ihm nach. »Sie haben etwas verloren!«
Doch der Meister hörte ihn nicht.
Heiner nahm sein Rad und begab sich zu dem Gegenstand.
Es schien eine Zeitung zu sein. Oder?
Es war keine Zeitung im üblichen Sinn; das dünne Ding ähnelte äußerlich frappierend dem »Kracher« und bestand aus mehreren zusammengehefteten DIN-A4-Bögen.
Nanu, dachte Heiner, was haben wir denn da?
Dann fiel sein Blick auf den Titelkopf. In der oberen linken Ecke grinste ihm ein langzahniger Dracula entgegen. Daneben stand »Vampir-Expreß Sonderausgabe«. Der Rest war mit einer Schreib-

maschine getippt, deren Buchstaben auf und nieder tanzten, und die Schrift war so undeutlich, daß Heiner Schwierigkeiten hatte, sie zu entziffern. Die Schlagzeile lautete: »Ein Besuch im Haus des Meisters«.
Und links unten stand: »Die Werwolfplage und wie man sich dagegen zur Wehr setzt«.
Heiner hatte zwar nie geglaubt, daß so etwas möglich sein könnte, aber in diesem Augenblick hatte er das Gefühl, als richte sich sein Haupthaar auf. Er blinzelte, holte tief Luft und sagte: »Sapperlot! Kann ich meinen Augen trauen?«
Er war überzeugt, auf etwas gestoßen zu sein, das eine pfundige Story für den »Kracher« abgab.

Der Vampirexperte

Eine Viertelstunde später lehnte sein Fahrrad im Stadtpark an einem Baum, während Heiner am Ententeich auf einer Bank saß und sich bemühte, kein allzu auffälliges Verhalten an den Tag zu legen. Dies war auch dringend nötig, denn er war ziemlich aufgeregt, was man am unkontrollierten Zucken seiner Ohren deutlich sehen konnte.
Da nur sehr wenige Ohrenwackler auf Erden über die Gabe verfügen, das Gewackel zu kontrollieren, waren seine Bemühungen leider nicht sehr erfolgreich. Schon bald zog Heiner die Aufmerksamkeit zweier alter Damen auf sich, die damit beschäftigt waren, die Enten mit Brotkrumen zu mästen.

Bald darauf warfen die alten Damen nicht nur mit Brotkrumen um sich, sondern auch mit alarmierten Blicken.
Ein argusäugiger Ordnungshüter, der durch den Stadtpark schlenderte und nach Elementen Ausschau hielt, die es eventuell wagten, das Federvieh mit Kaugummi zu füttern, blieb mißtrauisch stehen, als er den in seine Lektüre vertieften jungen Mann erspähte.
Normalerweise wäre Heiner ihm gar nicht aufgefallen – aber wirkte es nicht höchst verdächtig, wie er sich in unregelmäßigen Abständen die Haare raufte und ein leicht hysterisches Kichern ausstieß?
Die beiden alten Damen stellten die Entenmästerei ein und warfen dem Ordnungshüter einen verwirrten Blick zu.
Für sie war klar: Der junge Mann auf der Parkbank hatte eine Schraube locker. Vielleicht war er sogar ein Handtaschendieb.
Heiner war inzwischen ganz und gar in die Lektüre des seltsamen Manuskripts vertieft, das der finstere Schwarze verloren hatte.
Die reale Welt versank um ihn herum – er tauchte ein in die Niederungen des Unheimlichen und las den Bericht eines gewissen J. S., der kürzlich die Burg des Grafen Dracula besucht hatte.
J. S. beschrieb das Heim des Grafen in einem Stil, der zwar haarsträubend, doch dem Gegenstand des Themas durchaus angemessen war. Je mehr Heiner sich in den Bericht vertiefte, desto deutlicher konnte er die Elemente des Unheimlichen vor seinem

inneren Auge sehen: modrige Grüfte, knarrende Türen, ächzende Dielenbretter, heulende Winde, krächzende Raben, rasselnde Ketten . . .
»Uuuaaah!« Heiner schrie auf, als sich plötzlich eine schwere Hand auf seine Schulter legte.
»Alles in Ordnung mit Ihnen, junger Mann?«
Heiner hob den Kopf. Der Polizist ragte über ihm auf wie ein Turm und musterte ihn mit einem mißtrauischen Blick.
»Ähm, ähm —«, machte Heiner wenig redegewandt. »Natürlich, Herr Wachtmeister, aber sicher! Warum fragen Sie?«
Der Polizist schaute zu den Damen am Ententeich und räusperte sich. »Sie haben so komische Geräusche gemacht. Da dachte ich . . .«
»Oh!« Heiner errötete. Ihm wurde klar, wie tief er in seine Lektüre versunken gewesen war. »Ich, ähm, lese gerade etwas ziemlich Spannendes. Da habe ich wohl vergessen, wo ich bin.«
»Ach!« sagte der Polizist interessiert und beugte sich ein Stück vor. »Was lesen Sie denn da?«
»Tja . . .« Heiner suchte verzweifelt nach einer guten Ausrede.
Wenn er dem Mann erzählte, was ihn da so faszinierte, würde er bestimmt in seiner Achtung sinken. Heiner kam sich vor wie ein Literaturprofessor, den man beim Schmökern in einem »Superman«-Heft erwischt hatte.
»Eine Geschichte«, sagte er und machte in einem Anfall von Feigheit den Versuch, den »Vampir-Expreß« flink in seine Jacke zu schieben.

Dummerweise klemmte der Reißverschluß. »Es geht um einen Grafen und so.«

Er kam sich vor wie ein Trottel. Der Blick der beiden alten Damen, die nun ebenfalls bei ihm standen, sagte alles: Sie hielten ihn für gestört.

»Wirklich?« sagte der Polizist. »Wie ein Buch sieht das aber nicht aus.«

Er musterte das zusammengeheftete Ding mit Argwohn.

Heiner warf einen schnellen Blick auf den »Vampir-Expreß«. In der Tat, der Mann hatte recht. Sogar der »Kracher« wirkte dagegen wie eine Hochglanzillustrierte.

»Darf ich mal sehen?« Der Ordnungshüter streckte die Hand aus.

Heiner reichte ihm seufzend das Heft. »Es ist eine Gruselgeschichte«, stieß er hervor. »Ein Thema, das wir gerade in der Schule durchnehmen.«

»Tatsächlich?« Die Augen des Polizisten strahlten ihn auf einmal freundlich an. »Ich lese so was nämlich auch gern«, teilte er Heiner mit. »Am besten gefällt mir ‚Lord Lumpy, der Magier'. Aber ‚Gary Glupp, der Geisterbeschwörer' ist auch nicht ohne.« Er schnalzte mit der Zunge und gab Heiner das Heft zurück. »Zu schade, daß ich meine Brille vergessen habe.« Er tippte an seine Mütze. »Hat mich gefreut, einen Kollegen kennenzulernen.« Dann setzte er seine Runde fort.

Heiner atmete auf.

Die beiden alten Damen gingen zum Teich zurück und mästeten das freudig heranwatschelnde Feder-

vieh weiter. Heiner wischte sich über die Stirn, schob das Heft in seine Jacke, schwang sich aufs Fahrrad und radelte eiligst von dannen. Das war noch mal gutgegangen.
Aber jetzt mußte er verschwinden, bevor er erneut Aufmerksamkeit auf sich zog.
Er mußte dringend mit jemandem über seinen mysteriösen Fund reden, denn eins war ihm nach der kurzen Lektüre klargeworden: Der »Vampir-Expreß« war keine Schülerzeitung, die sich über Graf Dracula und seine Mannen lustig machte. Das, was er gelesen hatte, klang bierernst, und es sah so aus, als glaube der mysteriöse J. S. wirklich an die Existenz von Vampiren. Hier hatte er es mit einer Sache zu tun, mit der er allein nicht fertig wurde.
Er brauchte Hilfe, und zwar kompetente Hilfe. Und die fand er nur bei einem: bei seinem alten Freund Fuzzi von der Grausewitz-Schule, dem man, wenn es um Vampire und andere Satansbraten ging, nichts vormachen konnte.
Fuzzi mußte ihm helfen, er kannte sich mit solchen Dingen aus. Fuzzi sammelte nämlich alles, was Graf Dracula und seine fledermausige Verwandtschaft betraf.
Kurz darauf erreichte Heiner die alte Patriziervilla, in der Fuzzi wohnte. Er stellte sein Rad ab und glättete sein widerspenstiges Haar. Nun galt es, einen guten Eindruck zu machen, denn Fuzzis Eltern legten großen Wert auf Etikette. Sie waren so vornehm, daß sie sich mit »Herr Fuchs« und »Frau Fuchs« anredeten und darauf bestanden, daß Fuzzi

»Herr Vater« und »Frau Mutter« zu ihnen sagte. Wie Heiner herausgefunden hatte, war dies bei vornehmen Leuten manchmal so üblich. Frau Fuchs war eine bekannte Operndiva; Herr Fuchs war Schulrat und ging nebenher dem ehrbaren Gewerbe eines Buchkritikers nach.
In seinem Nebenberuf führte er einen ständigen Kleinkrieg gegen einen Schriftsteller namens Homer Lundquist, der die Frechheit besessen hatte, einen Kriminalroman auf den Markt zu bringen, in dem der Satz gefallen war, das Unwichtigste auf der Welt wäre die Oper. Das konnte Herr Fuchs als Gatte einer bekannten Opernsängerin natürlich nicht hinnehmen. Seither las er jedes neue Buch von Homer Lundquist, und wenn er ein falsch gesetztes Komma entdeckte, machte er das Buch in der Tageszeitung zur Schnecke.
Wie gut, daß Herr Fuchs nicht wußte, unter welchem Namen Heiners Schriftstellervater seine Krimis schrieb, sonst hätte er Fuzzi bestimmt den Umgang mit ihm verboten.
Herr Fuchs hatte Heiner auch erklärt, warum man sich in seiner Familie siezte: Leute, die sich siezen, hätten größeren Respekt voreinander. Es falle einem nämlich leichter, »du Schafskopf« statt »Sie Schafskopf« zu sagen. Unter diesen Umständen kam es Fuzzis Eltern auch nicht in den Sinn, ihren Sohn mit einem vulgären Spitznamen anzureden. Daheim hieß Fuzzi stets Karlfriedrich.
Als Heiner vor der alten Villa stand, öffnete sich die Tür, und der vornehme Herr Fuchs trat heraus.

»Ah, Heinrich«, sagte er und zwirbelte seinen eingewachsten Schnauzbart. »Welche Freude, dich zu sehen!«
»Guten Tag, Herr Fuchs«, sagte Heiner artig und machte einen Diener. »Mein Name ist übrigens Heiner. – Ist Fuzzi da?«
»Heiner heißt du?« fragte Herr Fuchs, der offenbar nicht nur etwas gegen Spitz-, sondern auch etwas gegen moderne Formen alter Vornamen hatte. »Heiner heißt doch keiner! – Wer ist Fuzzi?«
Heiner sandte ein Stoßgebet zum Himmel. Natürlich wußte Herr Fuchs, wie sein Sohn von seinen Freunden genannt wurde. Aber so, wie er nicht zur Kenntnis nahm, daß die Heiners von heute nicht Heinrich heißen, ignorierte er auch, daß die ganze Welt Karlfriedrich Fuzzi nannte. In dieser Hinsicht konnte er sehr stur sein.
Heiner verbiß sich einen Seufzer und wandte eine angemessene Taktik an. »Ich möchte Ihren Sohn Karlfriedrich besuchen«, sagte er gestelzt. »Er hat mir versprochen, mich in die Mysterien der Geometrie einzuweihen.«
»Oh, das finde ich aber hochanständig von ihm«, erwiderte Herr Fuchs und gab bereitwillig den Weg zur Tür frei. »Euer naturwissenschaftliches Interesse ist sehr erfreulich. Man könnte fast den Eindruck gewinnen, daß die Jugend von heute doch nicht so schlecht ist wie ihr Ruf.« Er korrigierte den Sitz seiner Brille und eilte zu seinem Wagen, um zur Volkshochschule zu fahren, wo er einen musikalischen Kurs in Sachen Kammblasen leitete.

Heiner atmete auf, doch kaum hatte er den Türklopfer betätigt, da näherte sich ihm das nächste Hindernis in Gestalt des Fuchsschen Butlers. Der Fuchssche Butler war noch vornehmer als seine Herrschaft; angeblich hatte er früher den männlichen Angehörigen der britischen Königsfamilie die Sockenhalter gebügelt.
»Der Herr wünschen?« fragte der Butler.
»Ich bin Henry von Humpermann«, sagte Heiner von unten herauf und hüstelte geziert. »Der junge Herr erwartet mich. Das Kennwort lautet ‚Pro bonum, contra malum'.«
Obwohl der vornehme Butler keine Ahnung hatte, was Heiner mit seinem Ausspruch meinte, zeigte er sich von den Lateinkenntnissen des Besuchers beeindruckt und führte ihn eine marmorne Treppe hinauf. Kurze Zeit später betraten sie den Vorraum von Fuzzis bescheidener Zimmerflucht im zweiten Stock.
An der Tür klebte ein grellbuntes, geschmackloses Kinoplakat, das Fuzzis Interessen trefflich dokumentierte. Dämonen mit spitzen Zähnen und langen Krallen flogen um eine vom bleichen Mond beschienene Burg. Darunter stand in großen Buchstaben: »Graf Dracula und die Dentisten. Ein Film, den Sie nie vergessen werden!«
Wie wahr, wie wahr! Die Werbung hatte in diesem Fall ausnahmsweise mal nicht übertrieben.
Der Film war so schlecht gewesen, daß Heiner jetzt noch eine Gänsehaut bekam, wenn er an ihn dachte.

Beim Anblick des Plakats rümpfte der vornehme Butler die Nase und klopfte. Ruckartig flog die Tür auf. Fuzzi Fuchs stand im Rahmen; er hatte ein weißes Plastikgebiß mit langen Zähnen im Mund und sagte mit dumpfer Grabesstimme: »Wer wagt es, meine Kreise zu stören?«
Der Butler zuckte mit einem unvornehmen Schrei zurück und erbleichte.
Fuzzi kicherte sich eins. Heiner griff sich ans Herz.
»Herr von Humpermann«, meldete der Butler verwirrt. »Er hat einen Termin bei Ihnen.«
»Ja, ja, schon gut!« rief Fuzzi. Er packte Heiners Ärmel, zog ihn hinein und knallte die Tür wieder zu. Der Butler ging, am ganzen Leibe zitternd, wieder nach unten.
»Du darfst es nicht übertreiben, Fuzzi«, sagte Heiner vorwurfsvoll zu seinem Freund. »Der Mann hätte einen Herzschlag kriegen können.«
»Er ist noch humorloser als mein Herr Vater«, sagte Fuzzi feixend. »Ich konnte nicht widerstehen.« Er schleifte Heiner in sein Reich. »Was führt dich zu mir? Willst du etwas trinken?« Er drückte ihm eine Limo-Flasche in die Hand. »Hast du schon den neuesten Roman von Stephen King gelesen?« Ehe Heiner sich versah, hielt er einen Wälzer in der anderen Hand. Er war so schwer wie ein Ziegelstein. »Möchtest du einen Apfel?«
Heiner legte das Buch weg und nahm den Apfel. Tja, so war sein Freund Fuzzi eben: Ein bißchen sprunghaft, aber sonst ganz in Ordnung. Sein Zimmer sah aus wie eine Geisterbahn. Der Raum maß

vierzig Quadratmeter und war ein Labyrinth, in dem man sich verlaufen konnte. Wände und Decke waren schwarz tapeziert, und auf dem Boden lag ein schwarzer Teppich. Heiners Blick fiel auf zahlreiche, bis zur Decke reichende Regale aus dunklem Holz. Sie standen an den Wänden und auch mitten im Raum, so daß man sich zwischen ihnen bewegen konnte wie in einer Bibliothek, und enthielten Bücher, Bücher und nochmals Bücher. Sie kamen aus aller Herren Länder – ein Umschlag sah grauenhafter aus als der andere.
Fuzzi war nicht nur der größte Vampirexperte der Stadt, er gehörte auch zu den Menschen, die von einem unheilbaren Sammlertrieb besessen sind. Er sammelte alles, was mit dem Unheimlichen zu tun hatte: Plakate, Bücher, Masken, Comics, Schundheftchen und Plastikspielzeug.
In den Ecken seines Zimmers saßen, standen oder lagen recht absonderliche Puppen: haarige Affenmenschen, altägyptische Mumien, Riesenspinnen aus Gummi und makabre Scherzartikel. Dazu kamen noch Tausende und aber Tausende Fotos aus Dracula- und Frankenstein-Filmen, die er den Kinobesitzern oder anderen Sammlern abgeschwatzt hatte. Man hätte drei Möbelwagen gebraucht, um Fuzzis Schätze zu verlagern – und sei es nur auf die nächste Müllkippe.
Als Heiner auf einem Ding Platz nahm, das ihn an den Hackklotz eines Henkers aus dem siebzehnten Jahrhundert erinnerte, und herzhaft in seinen Apfel biß, fiel unerwartet etwas Weiches und

Schwarzes von der Decke herab und blieb mit sechs zuckenden Beinen vor seiner Nase hängen.
»Ah!« Heiner schrie auf und warf sich zu Boden. Fuzzi wieherte und versetzte der schwabbeligen Gummikrake, die an einem Bindfaden hing, einen Stoß, der sie in die nächste Ecke fliegen ließ. Er amüsierte sich wahrhaft königlich.
Heiner rappelte sich zitternd auf. Er war vor Schreck in Schweiß gebadet, und sein Herz klopfte laut. »Fuzzi, wie kannst du mir so etwas antun!«
»Hab dich nicht so«, erwiderte Fuzzi kichernd. »Eine echte Freundschaft muß auch einen ordentlichen Schreck vertragen können.«
»Eine Freundschaft ja«, schimpfte Heiner, »aber nicht meine angegriffenen Nerven.«
Er nahm wieder Platz. Fuzzi warf sich in einen Sessel und musterte ihn mit einem interessierten Blick. »Du siehst so abgehetzt aus«, sagte er. »Bist du in Schwierigkeiten? Ist dir etwa die Mumie des Pharaos auf den Fersen?«
Heiner lachte. Fuzzi war zwar sein bester Freund, aber manchmal fragte er sich, ob Fuzzi nicht leicht irre war. Seine blühende Phantasie, die sein makabres Hobby noch anstachelte, trieb manchmal kuriose Blüten.
Wenn man auf Fuzzi einen abgehetzten Eindruck machte, war daran nicht etwa das Treppensteigen schuld – o nein! Viel näher lag, daß einem die Mumie des Pharaos auf den Fersen war.
»Komm endlich zur Sache«, drängte Fuzzi. »Was liegt an?«

Heiner räusperte sich. »Ich bin hier, weil ich den Rat eines Experten brauche.«
Er erzählte ihm, wie es um den »Kracher« stand, wozu er sich verpflichtet hatte und daß eine gewisse Zeitschrift in seinen Besitz geraten sei, die ihm große Rätsel aufgab.
»Was ist das für eine Zeitschrift?« fragte Fuzzi neugierig. »Und was habe ich damit zu tun?«
Heiner reichte ihm den »Vampir-Expreß« und hielt den Atem an.
Fuzzi pfiff durch die Zähne, als er den Titel sah. »Was ist denn das?« Er blätterte die Seiten durch, kniff die Augen zusammen und setzte eine konzentrierte Miene auf.
Während Heiner wartete, machte Fuzzi mehrmals »hm, hm«.
Er drehte und wendete das dünne Heft, runzelte fachmännisch die Stirn und sagte dann: »Das ist ja recht interessant.«
»Sagt es dir was?« fragte Heiner aufgeregt.
»Kennst du das Blatt? Ich meine, kannst du mir sagen, was ich davon halten soll?«
Fuzzi machte wieder »hm, hm« und wiegte nachdenklich den Kopf. Die matte Beleuchtung, die in seinem gruseligen Zimmer herrschte, war denkbar ungeeignet, um viel mehr als die Schlagzeilen zu lesen. Also gingen sie ans Fenster, wo Fuzzis Schreibtisch stand.
Fuzzi nahm eine Lupe zur Hand. Er maß den »Vampir-Expreß« mit kritischen Blicken. Heiners Spannung stieg ins Unermeßliche.

Etliche »hm, hms« später meinte Fuzzi zögernd: »Sonderbar, wirklich sonderbar. Oder nein – eigenartig. Man könnte auch merkwürdig sagen. Oder vielleicht . . .«
»Nun sag schon was!« platzte Heiner heraus. Er war gespannt wie ein Flitzbogen.
Fuzzi hob den Kopf. Sein Blick enthielt alles und nichts. »Wenn man das Geschreibsel so liest wie es dasteht«, er ließ die Lupe sinken, »dann gibt es in diesem unserem Lande, mitten im zwanzigsten Jahrhundert, eine Vereinigung von Vampiren.«
»Was?« Heiner war schockiert. »Im Ernst?« Er fragte sich, ob Fuzzi anläßlich des letzten Draculafilms seinen Verstand möglicherweise an der Kinokasse abgegeben hatte. Er konnte auch übergeschnappt sein. Eine Vereinigung von Vampiren! In diesem unserem Lande! Unmöglich!
»Der Herausgeber dieses Blättchens ist ein gewisser J. S.«, fuhr Fuzzi mit ernster Miene fort. »Er ist zur Burg von Graf Dracula gefahren. Und da er ihn als ‚Meister' bezeichnet, muß er logischerweise ebenfalls ein Vampir sein.«
»Wie? Was?« fragte Heiner. »Wieso?« Er verstand nur Bahnhof.
»Aus meinen schlauen Büchern weiß ich, daß alle Vampire in Graf Dracula ihren Meister sehen«, belehrte ihn Fuzzi. »Und hier steht, daß dieser mysteriöse J. S. nach Transsilvanien gefahren ist, um ‚Erleuchtung' zu suchen.« Fuzzi zog die Nase kraus. »Das bedeutet, daß er sich bei Dracula einen Rat holen will.«

»Fuzzi«, sagte Heiner, der nun ernstlich um die geistige Gesundheit seines besten Freundes fürchtete, »das kannst du doch nicht ernst meinen.« Ihm schwindelte.
Fuzzi hob den »Vampir-Expreß« ans Licht. »Und dazu hatte er wohl auch allen Grund.« Er beugte sich über eine Seite und nahm die Lupe zur Hand. »Ich zitiere: ‚Wir können es nicht mehr dulden, daß sich die Werwölfe immer mehr in unseren angestammten Gefilden breitmachen.'«
»Die Werwölfe?« fragte Heiner. »Wie? Was?« Bis zu dieser Stelle war er vorhin beim Lesen noch nicht vorgedrungen.
Fuzzis Augen verengten sich zu schmalen Schlitzen. Heiner konnte förmlich sehen, wie es in dem armen, übergeschnappten Gehirn seines Freundes arbeitete. »Ich glaube, die Vampire und die Werwölfe führen einen heimlichen Krieg miteinander, von dem die Welt keine Ahnung hat. Die Werwölfe sind in den Herrschaftsbereich der Vampire eingedrungen, und . . .«
»Ogottogott!« sagte Heiner. Seine Ohren fingen wieder an zu zucken. Wie schrecklich! Er mußte sofort den Butler alarmieren, damit er einen Arzt anrief.
Fuzzi grinste plötzlich und sagte: »Klingt das nicht alles wie die Ausgeburt eines Verrückten?«
Heiner atmete erleichtert auf. Also glaubte Fuzzi doch nicht an diesen Unsinn. »Nun sag schon, was du davon hältst«, drängelte er. »Es ist alles Mumpitz, nicht? Es gibt keinen Grafen Dracula. Also

gibt es auch keine Vampire.« Er lachte nervös. »Von Werwölfen ganz zu schweigen.«
Fuzzi schwieg. Er schwieg ziemlich lange, was Heiner erneut nervös machte. Schließlich stand Fuzzi auf, trat an ein Regal und deutete auf eine Reihe dickleibiger Wälzer. »Was du hier siehst«, sagte er dann, »ist die Bibliothek des Unheimlichen. Ich habe in diesen uralten Schwarten zahlreiche Hinweise gefunden, daß es zwischen Himmel und Erde mehr Dinge gibt . . .«
». . . als unsere Schulweisheit sich träumen läßt«, fiel Heiner ihm ins Wort. »Ja, ja, weiß ich alles. Aber glaubst du nun, daß es Vampire gibt oder nicht?« Er maß seinen Freund mit einem fragenden Blick. »Es sind Ausgeburten eines Verrückten, Fuzzi. Das hast du doch selbst gesagt.«
»Habe ich das?« Fuzzi wiegte nachdenklich den Kopf. »Wer weiß, mein Freund, wer weiß! Mein Verstand sagt mir etwas Ähnliches, aber haben wir einen Beweis?« Er schüttelte den Kopf. »Wir sollten uns bemühen, es herauszufinden. Wenn es stimmt, muß die Welt gewarnt werden.«
Er musterte Heiner mit einem eigentümlichen Blick, als wisse er mehr, als er sagen wollte. Dann schüttelte er sich. »Du bist wahrscheinlich einem echten Vampir begegnet.«
Sogar Heiner lief es bei der Erinnerung an den finsteren Typ plötzlich kalt den Rücken hinunter.
»Mensch, Fuzzi, überleg doch mal«, sagte er verzweifelt. »Hast du je von Vampiren gehört, die Zeitungen herausgeben?«

»Es gibt mehr Dinge zwischen Himmel und Erde«, fing Fuzzi erneut an, »als . . .«
»Du wiederholst dich!« rief Heiner und sprang auf. »Aber selbst wenn du recht hast – dann sollten wir die Sache auf jeden Fall den Behörden melden.« Er hatte den Satz kaum ausgesprochen, als Fuzzi ein lautes Gelächter hören ließ.
»Wenn du dich unbedingt lächerlich machen willst – ich lege dir keinen Stein in den Weg. Wollen wir wetten, daß du das Präsidium in einer engen weißen Jacke und in Begleitung einiger medizinisch gebildeter Herren wieder verläßt?«
Heiner schluckte. Klar. Er war ja selbst drauf und dran gewesen, Fuzzi für verrückt zu erklären.
»Was schlägst du also vor?« fragte er kleinlaut.
Fuzzi räusperte sich, ließ die Lupe sinken und verfiel in einen gönnerhaften Ton, als wäre er Sherlock Holmes und unterhielte sich mit einem vertrottelten Dr. Watson. »Ich bin gerade im Begriff, aktuelles Material über Vampire zu sammeln«, sagte er. »Der Mieterbund Mönchengladbach e. V. hat nämlich einen Preis für die beste Reportage über moderne Blutsauger ausgesetzt.« Er grinste. »Es war eine clevere Idee von dir, mit diesem Fund zu mir zu kommen. Ich schlage vor, daß wir der Sache auf den Grund gehen. Wenn wir nachweisen, daß es Vampire gibt, kassiere ich den Preis – und du hast eine tolle Story für euer Käseblatt.«
Heiner stöhnte auf. »Fuzzi – willst du damit sagen, daß du diesen Humbug wirklich glaubst?«
Doch Fuzzi lachte nur.

Die Tagung der Vampire

Als die Sonne sich anschickte, hinter den Häusern zu versinken, saßen Heiner und Fuzzi vor einer leeren Kanne Kakao und den Resten eines Nußkuchens. Sie waren rechtschaffen erschöpft, denn sie hatten im Schein der kleinen Schreibtischlampe zu interpretieren versucht, was J. S., der geheimnisvolle Herausgeber des »Vampir-Expreß«, seinen Lesern mitteilen wollte.
Die Sache war nicht ganz einfach, denn das Blatt bestand aus Schreibmaschinendurchschlägen, und wie das Pech es wollte, hatte Heiner offenbar eine der letzten Kopien erwischt. Die Schrift war, von den ersten zwei Seiten abgesehen, kaum zu erkennen. Die Schreibmaschine hatte wohl schon der Sekretärin Friedrich des Großen gedient. Das Papier war zudem so grau und dünn, daß man den Blick eines Adlers haben mußte, um sich nicht zu verlesen. Achtzig Prozent des »Vampir-Expreß« waren schier unlesbar, aber der Rest hatte es in sich.
Neben der Reisebeschreibung des ominösen J. S., der bei Graf Dracula um »Erleuchtung« nachgesucht hatte, weil er irgendwelche Werwölfe abwehren wollte, entzifferten sie eine Werbeanzeige für ein Buch über »vampirische Ahnenforschung«, mehrere Zeilen eines heftigen Angriffs gegen den »Werwolf von Wunsiedel«, anscheinend ein ganz besonders fieses Subjekt und der Anführer eines Rudels, sowie ein Sitzungsprotokoll des »Vampirrats«, in dem es um die Erhöhung der Mit-

gliedsbeiträge und die Festlegung der Speisenfolge einer Tagung ging.
»Das finde ich aber merkwürdig«, sagte Heiner, als sie fast mit der Arbeit fertig waren. »Ich wußte gar nicht, daß Vampire so bürokratisch sind. Und an wen zahlen sie Mitgliedsbeiträge? Etwa an die Vampirgewerkschaft?«
»Spotte nicht«, erwiderte Fuzzi. »Vampire sind merkwürdige Geschöpfe. Bei denen weiß man nie.«
Er gab nicht mal mit einem Augenzwinkern zu erkennen, ob er nun wirklich an diese Fabelwesen glaubte.
Heiner hatte beschlossen, Fuzzi nicht mehr danach zu fragen. Irgendwie war die Sache ja ganz spaßig. Und vielleicht ergab sich aus den Nachforschungen eine originelle Story für den »Kracher«.
Fuzzi hatte soeben wieder eine halbwegs entzifferbare Stelle gefunden. Er hob die Lupe und beäugte sie. »Oha«, sagte er überrascht. »Hier steht, wo die Tagung stattfindet.«
In diesem Moment klopfte es dumpf an der Tür. Heiner zuckte zusammen.
Fuzzi hob erschreckt den Kopf, ließ den »Vampir-Expreß« geschwind in einer Schublade verschwinden und rief: »Herein, wenn's kein Schulrat ist!«
Die Tür ging auf. Herr Fuchs trat ein. Seine Stirn runzelte sich mißbilligend, als sein Blick auf den Kram fiel, der die Regale seines Sohnes füllte. Als studierter Mann und Schulrat mußte Herr Fuchs natürlich dagegen sein, daß sein Sohn Frankensteinpuppen und Gummispinnen sammelte, statt

seine Bildung in der Oper zu vervollkommnen. Aber da er im Grunde ein verständnisvoller Pädagoge war, glaubte er, Karlfriedrich würde eines Tages von seinem Tick ablassen und sich lohnenderen Freizeitbeschäftigungen widmen, etwa dem Erlernen des Oboen- oder Bratschenspiels.
»Guten Tag, mein Sohn«, sagte Herr Fuchs und nickte ihnen zu. »Mich plagt ein Problem, und ich hoffe, daß du mir helfen kannst, es aus der Welt zu schaffen.«
Fuzzi und Heiner schauten sich an. Es fiel ihnen nicht leicht, ernst zu bleiben, wenn Herr Fuchs in diesem gestelzten Ton mit ihnen sprach.
»Wat is' denn, Herr Vater?« fragte Fuzzi.
Herr Fuchs sah seinen Filius irritiert an und sagte: »Karlfriedrich, ich würde mich freuen, wenn du dich befleißigen könntest, diesen Gossenjargon zu vermeiden.«
»Gewiß, Herr Vater«, antwortete Fuzzi. »Ich hoffe, Ihr könnt mir noch einmal vergeben. Es ist mir nur so herausgerutscht.«
»Ich vergebe dir, mein Sohn.«
Herr Fuchs räusperte sich, maß Fuzzi mit einem wohlgefälligen Blick und bat ihn um seinen neuen Schulatlas, denn ihm war gerade aufgefallen, daß dieser unvollkommene Homer Lundquist, dessen neuen Roman er aus der Tasche zog, den Namen einer 0,3 Quadratkilometer großen Fidschiinsel falsch buchstabiert hatte.
Und das konnte er ihm natürlich nicht durchgehen lassen.

Als Herr Fuchs Fuzzis Atlas in den Händen hielt und sich zu seinem Arbeitszimmer aufmachen wollte, fiel ihm etwas ein. »Ich denke, ihr übt euch in der Kunst der Geometrie?«
»Ähm«, machte Fuzzi verlegen.
»Also wirklich, Karlfriedrich«, tadelte Herr Fuchs, wie es sich für einen Pädagogen seines Kalibers geziemte. »Wie oft soll ich dir noch sagen, du sollst mit einem vollständigen Satz antworten?«
»Mit Geometrie sind wir fertig, Herr Vater«, erklärte Fuzzi. »Wir klönen noch ein bißchen.«
Herr Fuchs zog schockiert die Augenbrauen hoch. »Klönen?« Ihm war deutlich anzusehen, daß er dieses Wort für einen besonders üblen Gossenjargon hielt. So etwas konnte in seinem Haus nicht geduldet werden.
»Heiner, äh, Heinrich hat ein neues Steckenpferd, Herr Vater«, flunkerte Fuzzi weiter. »Neuerdings steht ihm der Geist nach Linguistik.«
»Ah, Linguistik! Die Wissenschaft von der Sprache!« Herr Fuchs schien begeistert. »Ein interessantes Thema!«
»Vielleicht schreiben wir sogar einen Aufsatz darüber – für unsere Schülerzeitung«, log Heiner flink und kreuzte, nicht zum erstenmal an diesem Tag, schnell hinter dem Rücken Mittel- und Zeigefinger.
»Euer wissenschaftliches Interesse ist sehr lobenswert«, sagte Herr Fuchs. Dann zog er die Nase kraus. »Wenn ich daran denke, wie viele junge Leute in eurem Alter ihre Nase in billige Schundro-

mane stecken, ohne zu ahnen, wie ungebildet diese Schreiberlinge sind!«
Er wedelte mit dem neuen Roman von Homer Lundquist durch die Luft.
»Wie wahr, Herr Fuchs, wie wahr«, heuchelte Heiner. »Da bin ich ganz Ihrer Meinung.«
»Ist dein Vater nicht auch Schriftsteller?« fragte Herr Fuchs. »Mir ist, als hätte Karlfriedrich dergleichen einmal am Rande erwähnt.«
Fuzzi wurde knallrot und zog den Kopf ein.
Heiner sandte ihm einen durchdringenden Blick zu, weil Fuzzi sich verplappert hatte. Dann sagte er: »Ach ja, er übt sich.«
»Er soll sich ruhig Zeit damit lassen«, erwiderte Herr Fuchs freundlich. »Wahre Kunst entsteht nur dort, wo der Künstler nicht unter Druck ist. Wer seine Kunst unter Druck ausübt, kann nur so enden, wie dieser jämmerliche Homer Lundquist.« Er ging zur Tür.
Doch als seine Hand auf der Klinke lag, drehte er sich noch einmal um. »Karlfriedrich, grämt es dich eigentlich nicht, daß wir in den Ferien nicht verreisen können?«
»Nicht besonders, Herr Vater«, sagte Fuzzi.
»Karlfriedrichs Frau Mutter«, sagte Herr Fuchs erklärend zu Heiner, »ist nämlich momentan an der Oper nicht abkömmlich.«
»Wir verreisen auch nicht, Herr Fuchs«, sagte Heiner. »Aber Fuzzi – Karlfriedrich und ich haben sowieso beschlossen, in den Ferien etwas für unsere Bildung zu tun.«

»So ist es recht«, sagte Herr Fuchs. »Als ich noch ein kleiner Junge war, konnten wir auch nicht jedes Jahr verreisen.«
Er seufzte und rückte an seiner Brille. »Aber auch wenn deine Mutter arbeiten muß, Karlfriedrich – es bedeutet nicht, daß wir uns nicht ein Wöchelchen freinehmen können. Wir wollen Sonntag zu deiner Schwester Marie-Antoinette in die Sommerfrische fahren. Wie wäre es, wenn du Heinrich mitnimmst? Auf dem Lande gibt es sicher auch viele Möglichkeiten, Sprachforschung zu betreiben.«
Fuzzi, ein Großstadtkind des zwanzigsten Jahrhunderts, hätte in diesem Augenblick am liebsten »würg!« gesagt, doch dann fiel ihm ein, was er kurz vor dem Eintreten seines Vaters im »Vampir-Expreß« gelesen hatte. Deshalb erwiderte er rasch: »Sehr gern, Herr Vater! Heinrich und ich brennen geradezu darauf.« Dann räusperte er sich und fügte zu Heiners Entsetzen hinzu: »Am liebsten würden wir beide schon morgen früh vorausfahren.«
»Einverstanden«, sagte Herr Fuchs. »Ich werde sehen, was sich machen läßt, und natürlich nur, wenn Heinrichs Eltern nichts dagegen einzuwenden haben.« Er winkte ihnen zu und ging hinaus.
»Sag mal, bist du noch ganz dicht?« Heiner rüttelte aufgebracht an Fuzzis Schulter. »Hast du mir nicht erzählt, daß Marie-Antoinette in der absoluten Pampa wohnt?«
Fuzzi grinste vielsagend, zog den »Vampir-Expreß« wieder aus der Schublade und deutete auf eine bestimmte Stelle.

»Sieh dir das an«, sagte er. »Die Vampire treffen sich morgen zu einer Tagung. Und jetzt rate mal, wo die stattfindet!«
Heiner machte große Augen. »Nun sag's schon!«
»Im Burghotel Bimsstein – genau da, wo meine Schwester seit einem halben Jahr arbeitet.«
Heiner riß Fuzzi das Blatt aus der Hand. Tatsächlich, da stand es. Die Vampire wollten sich im Laufe des nächsten Tages dort treffen.
»Es ist nur dreißig Kilometer von hier entfernt.« Aufgeregt suchte Fuzzi nach einem Fahrplan. »Ist das nicht phantastisch? Wir werden Graf Draculas Mannen aus nächster Nähe sehen.«
Seine Augen leuchteten.
»Ich weiß nicht«, wandte Heiner zögernd ein. Er hatte ein ungutes Gefühl. Graf Draculas Mannen – sein Blick fiel auf die gruseligen Kinoplakate, die seine Umgebung zierten. Wenn er diese Langzahn-Viecher auf der Leinwand sah, wirkten sie meist komisch auf ihn, aber wenn er sich vorstellte, ihnen persönlich zu begegnen und mit ihnen unter einem Dach zu schlafen – Heiner schüttelte sich. »Na gut!« sagte er dann. »Ich weiß, daß es keine Vampire gibt und daß Dracula nur das geistige Kind eines Schriftstellers mit überschäumender Phantasie ist.«
»Nix da!« sagte Fuzzi. »Er hat wirklich gelebt!« Dann holte er tief Luft und erzählte Heiner, was er wußte. Dracula war der Sohn eines walachischen Wojwoden gewesen und hatte im fünfzehnten Jahrhundert Transsilvanien unsicher gemacht.

Schon sein Vater war ein schräger Vogel gewesen, der mal mit diesem und mal mit jenem Herrscher gemeinsame Sache gemacht hatte.
Dracula junior, der Mann, um den es in den Gruselfilmen ging, war in die Fußstapfen seines alten Herrn getreten.
Auch seine liebsten Freizeitbeschäftigungen waren Rauben und Plündern.
»Offen gesagt«, beendete Fuzzi seinen Vortrag, »der Alte war ein echtes Ekel.«
»Aber war er auch ein Vampir?« fragte Heiner.
Fuzzi verneinte. »Man hat ihm einen Spitznamen gegeben: ‚Tepes' – das heißt der Pfähler.«
Heiner erbleichte. »Das war wohl wirklich kein angenehmer Zeitgenosse.«
»Keiner, den ich zu meiner Geburtstagsfeier einladen würde«, stimmte Fuzzi zu. »Ich frage mich bloß, wer die Geheimbündler sind, die in diesem Kerl ihren Meister sehen.«
Das fragte Heiner sich auch.
Wahrscheinlich waren es Dunkelmänner, die verhindern wollten, daß die Öffentlichkeit von ihrem Treiben erfuhr. Bestimmt hatten sie allen Grund, im geheimen zu werkeln.
»Und wer sind die Werwölfe?« fragte er.
»Na, ihre Konkurrenz!« rief Fuzzi. »Hier steht ganz deutlich – ich zitiere: ‚Ziel der Versammlung: Beratung und Beschlußfassung über das Werwolfunwesen im deutschen Sprachraum und die Verhinderung aller Bestrebungen von Nichtvampiren, uns das Wasser abzugraben.«

Heiner fröstelte. »Was meinen die damit?«
Fuzzis Stirn legte sich in nachdenkliche Falten. »Offenbar haben sie große Meinungsverschiedenheiten. Anders ausgedrückt: Sie scheinen sich nicht riechen zu können.«
»Meinungsverschiedenheiten?« Heiner kratzte sich am Kinn. »Weswegen denn?«
»Woher soll ich das wissen?« Fuzzi zuckte mit den Schultern. »Fest steht jedenfalls, daß sich hier zwei Gruppen bekämpfen, die das Licht der Öffentlichkeit scheuen. Und noch etwas anderes steht fest: Wir werden ihre teuflischen Pläne enthüllen!«
»Prost Mahlzeit!« sagte Heiner. »Glaubst du, daß deine Eltern dich zur Burg fahren lassen, wenn sie hören, daß Draculas Freunde dort ein Treffen veranstalten?«
Fuzzi lachte amüsiert. »Ja, glaubst du denn, sie würden mir glauben, wenn ich es ihnen erzähle?«
Er griff zum Telefon, um seiner Schwester Marie-Antoinette, die sich auf der Burg zur Hotelfachfrau ausbilden ließ, seinen Besuch anzukündigen.
Marie-Antoinette quietschte laut, als sie Fuzzis Meldung hörte. Zunächst wußte Heiner nicht, ob sie damit Begeisterung oder Entsetzen ausdrückte. Es dauerte jedoch nicht lange, bis er bemerkte, daß ihr Aufschrei eher entsetzt gemeint war, denn schon fing Fuzzi an, ihr hoch und heilig zu versprechen, alle makabren Scherze zu unterlassen, solange er mit ihr unter einem Dach weilte.
Fuzzis zwanzigjährige Schwester war mit einem Studenten namens Felix verlobt und sehr stolz auf

ihre Unabhängigkeit. Aber offenbar dachte sie, wenn der Name ihres Bruders fiel, immer noch in erster Linie an haarige Riesenspinnen und schwabbelige Gummimonster in ihrem Bett.
Fuzzi mußte ihr mit seinen Gruselviechern übel mitgespielt haben. Erst nachdem er geschworen hatte, keinen Ärger zu machen, versprach sie, ihnen in der Burg eine Unterkunft zu besorgen. Im Moment waren fast alle Zimmer frei, und ihr Chef, ein gewisser Baron Ludwig von Lumpe, freute sich über jeden zahlenden Gast.
»Das kommt mir aber verdächtig vor«, sagte Heiner später. »Die Ferien haben doch gerade angefangen – und trotzdem ist das Hotel leer?«
Fuzzi lachte. »Wenn du die Burg erst mal gesehen hast, wirst du es besser verstehen.«
»Na schön.« Heiner seufzte und stand auf. Jetzt galt es, seine Eltern davon zu überzeugen, daß er sich dringend am Wochenende erholen mußte. Bei seinem zerstreuten Schriftstellervater würde er erfahrungsgemäß auf keinerlei Schwierigkeiten stoßen, aber was Mama anbetraf ... Er konnte ihr wahrheitsgemäß sagen, daß sie nur von Freitag auf Samstag allein waren, denn dann würden ja Herr und Frau Fuchs kommen. Und bis dahin standen sie unter der Aufsicht von Marie-Antoinette.
Sie verabredeten sich für den nächsten Morgen am Bahnhof. Heiner radelte nach Hause. Als er die Wohnung betrat, fiel ihm ein, daß seine Mutter gerade bei ihrer besten Freundin weilte – am anderen Ende der Stadt. Er marschierte zum Arbeitszimmer

seines Vaters und öffnete die Tür. Der gute Mann saß, wie meistens, hinter seinem Textverarbeitungscomputer. Seine Finger flogen nur so über die Tastatur. Das konnte nur bedeuten, daß er intensiv über einem neuen Meisterwerk brütete. Und in derlei Fällen war er stets hochkonzentriert.
Heiner beschloß, die Gelegenheit beim Schopf zu ergreifen. Solange sein Vater vor dem Bildschirm saß, sagte er im allgemeinen zu allem ja und amen, denn in solchen Momenten war er mit den Gedanken anderswo: in London, Paris, New York, Hongkong oder Sulzbach-Rosenberg, denn dort spielten die Krimis, die er unter dem Künstlernamen Homer Lundquist verfaßte.
Die Lage war günstig. Heiner lugte um die Ecke. Sein Vater hockte im Schein einer Schreibtischlampe, eine erloschene Zigarette zwischen die Lippen geklemmt. Wahrscheinlich dachte er sich gerade eine jener haarsträubenden Geschichten aus, die Herrn Fuchs nervten. Zum Glück wußte Homer Lundquist nicht, daß sein Sohn im Haus seines erbittertsten Kritikers verkehrte, denn Herr Fuchs, der sich als Schulrat nicht als Leser minderwertiger Bücher bloßstellen wollte, veröffentlichte seine Verrisse ebenfalls unter einem anderen Namen. Wenn er für die Zeitung schrieb, nannte er sich Bonifatius von Kyffhäuser.
Natürlich kannte Harry Schmidt alias Homer Lundquist die bösen Kritiken, die Bonifatius von Kyffhäuser in der Tagespresse über seine Bücher schrieb. Sie regten ihn furchtbar auf. Dieser Boni-

fatius von Kyffhäuser mußte ein Ignorant sein, der Krimis haßte wie die Pest.
»Wahrscheinlich«, hatte er einmal gesagt, »würde dieser Knilch auch Schiller in der Luft zerreißen, wenn dieser nur ‚Die Räuber' und sonst nichts geschrieben hätte.«
Insgesamt hatte Homer Lundquist eine mindestens ebenso schlechte Meinung von Bonifatius von Kyffhäuser wie umgekehrt, deswegen taten Fuzzi und Heiner alles menschenmögliche, um zu verhindern, daß sie sich zufällig trafen.
»'n Abend, Papa«, begann Heiner. Zuerst galt es, den Zerstreutheitsgrad seines Vaters zu testen. »Hast du heute schon die Mäuse gemolken?«
»Mach' ich gleich«, erwiderte sein Vater, ohne von der Tastatur aufzuschauen, »sobald ich mit dem Kapitel hier fertig bin.«
Er war hochgradig zerstreut, stellte Heiner fest. Also brauchte er ihm auch nichts vorzuschwindeln. »Fuzzi und ich wollen morgen übers Wochenende auf die Burg Bimsstein fahren«, erzählte er. »Dafür brauche ich aber ein bißchen Knete.«
»Vortrefflich, mein Sohn, vortrefflich«, gab sein Vater zurück. »Nur noch dieses Kapitel hier.«
Heiner erkannte an den glühenden Ohren seines Vaters, daß er geistig total abwesend war.
Bestimmt näherte sich sein neues Werk gerade dem Ende; da wurde die Sache immer verzwickter, weil er dann sämtliche Verdächtigen aufmarschieren ließ, damit sich der Inspektor aus ihren Reihen den Täter herauspicken konnte. Diese Ar-

beit erforderte hohe Konzentration, damit die Logik nicht auf der Strecke blieb.
»Du bist also einverstanden, Papa?«
»Aber klar doch, Junge«, sagte der hochkonzentrierte Homer Lundquist und schob die Zunge zwischen die Lippen. »Was hast du gesagt?«
»Kannst du mir hundert Mark pumpen?« fragte Heiner forsch.
»Sicher, mein Sohn. – Hast du gerade Bimsstein gesagt? Das erinnert mich an etwas. An etwas, das ich dir sagen wollte . . .« Auf seiner Stirn bildete sich eine steile Falte, aber die Arbeit ließ ihn nicht los. Er legte die kalte Zigarette in den Aschenbecher und hieb erneut in die Tasten.
»Falls du dich fragst, was wir da machen«, sagte Heiner, »wir gehen auf Vampirjagd. Ich hoffe, du hast nichts dagegen.«
»Aber nicht doch, mein Sohn«, entgegnete Homer Lundquist. »Hauptsache, du hast deinen Spaß. – Was hast du gesagt?«
Heiner entnahm der auf dem Schreibtisch liegenden Brieftasche seines Vaters einen Fünfziger, zwei Zwanziger und einen Zehner. Dann fiel sein Blick auf ein leicht zerknittertes altes Foto, das zwischen den restlichen Scheinen steckte. Es zeigte zwei junge Männer mit schulterlangen Haaren, Blümchenhemden, Blümchenhosen und Cowboystiefeln mit hohen Absätzen.
»Wer ist das denn, Papa?« fragte Heiner. Das Bild schien aus den frühen sechziger Jahren zu stammen. Den Typ rechts erkannte er: Es war nie-

mand anders als sein zerstreuter Schriftstellervater. Homer Lundquist blickte auf und lachte.
»Das ist mein alter Kumpel Eumel, von dem ich dir mal erzählt habe. Wir waren die Schrecken der sechziger Jahre. Hab' keine Ahnung, wo der abgeblieben ist.«
»Ihr seht wie Beatniks aus«, sagte Heiner.
»Waren wir auch«, bestätigte sein Vater nicht ohne Stolz. »Wir hatten damals nur die Rolling Stones im Kopf.«
Heiner staunte: Sein alter Herr mit dieser Mähne! Jetzt trug er das Haar kurz und hatte auf dem Hinterkopf einen kleinen Hubschrauberlandeplatz.
»Ist noch was?« fragte sein Vater und schimpfte, weil er sich vertippt hatte.
»Nö«, sagte Heiner. »Es könnte aber sein, daß wir auch auf ein paar Werwölfe stoßen. Beißen die eigentlich?«
»Wölfe?« Homer Lundquist runzelte die Stirn. »Sonja von nebenan verweist das ins Reich der Mythen. Es gibt keinen Beweis dafür, daß Wölfe ohne Grund Menschen anfallen.«
»Wie beruhigend«, sagte Heiner. »Gilt das auch für Werwölfe?«
»Wölfe oder Werwölfe«, meinte sein Vater. »Wo liegt da der Unterschied?«
Heiner ging in sein Zimmer, um das kleine Wochenendköfferchen zu packen. Er spitzte auch ein halbes Dutzend Bleistifte an und packte sein Notizbuch ein. Ein cleverer Journalist mußte schließlich auf alles vorbereitet sein.

Während er seinen Koffer packte, saß der zerstreute Homer Lundquist hinter dem Computer und murmelte vor sich hin: »Ach, was ich noch sagen wollte, Sohnemann, Mama und ich wollen ein paar Tage ausspannen – auf Burg Bimsstein. Kennst du die?«
Ihm fiel nicht mal auf, daß Sohnemann nicht antwortete, denn sofort vereinnahmte ihn wieder seine Geschichte – der Fall des unheimlichen Anstreichers, der im Londoner Nebel zuschlug und ahnungslosen Passanten einen patschnassen Quast mit weißer Farbe um die Ohren haute.

Die Burg im Nebel

Heiner fröstelte im leichten Nieselregen. Er reckte den Hals, schaute dorthin, wo Fuzzis Zeigefinger hinwies, und schüttelte sich. Heiliger Strohsack! Fuzzi hatte nicht übertrieben: Auf den ersten Blick sah das, was man von der Burg sehen konnte – zwei Türme und ein löchriges Dach –, tatsächlich mehr nach einer Ruine aus.
Heiner warf einen letzten Blick auf den winzigen Bahnhof, den sie gerade verlassen hatten, und fragte sich, ob es nicht ein Fehler gewesen war, sein gemütliches Zimmer in der Großstadt gegen eins in diesem alten Kasten zu tauschen.
Auch Fuzzi seufzte, als er seinen Rucksack schulterte. Bis zur Burg waren es noch gut zwei Kilometer. Nachdem sie aus dem Zug gestiegen waren,

hatten sie sich zuerst einmal in dem leeren, nach kaltem Tabaksqualm und Feuchtigkeit riechenden Bahnhofsgebäude mit Keksen und Limo gestärkt. Nun befanden sie sich auf einer nassen Asphaltstraße. Rechts von ihnen verlief die Eisenbahnlinie, dahinter erstreckten sich grüne Wiesen.

Links von ihnen war der Wald, und dahinter lag ihr Ziel – das alte Gemäuer, das finster über dem dichten Tannenwald aufragte. Es war kalt und dunstig an diesem Morgen. Hätten sie es nicht besser gewußt, wären sie davon ausgegangen, daß der Herbst vor der Tür stand – oder die Regenzeit.

Feiner Nebel schwebte über der Landstraße und den Wiesen. Ein großer schwarzer Vogel, wahrscheinlich eine Krähe, flog mit klatschenden Schwingen über ihre Köpfe hinweg und suchte Schutz im Wald. Es war zwar schon neun Uhr, aber die Sonne schien heute morgen keine Lust zum Aufstehen zu haben. Der Himmel über ihnen war bedeckt; die Luft war schwer von Regen.

Zum Glück hatte Heiner daran gedacht, die blauen Leinenkäppis mitzunehmen, die seine Eltern aus Spanien mitgebracht hatten. Es war der blanke Hohn: Auf Mallorca hatten die Käppis sie vor der Sonne geschützt; hier dienten sie als Schutz vor dem Regen.

»Bei dem Wetter«, brummte Fuzzi, »verwundert es nicht, daß sich kein Tourist hierherverirrt.« Er drehte sich um. »Hast du nicht einen Onkel beim Wetteramt? Du hättest ihm sagen können, daß wir heute unterwegs sind.«

»Haha!« witzelte Heiner leicht angesäuert. »Dein Humor ist umwerfend.«
Nach einem langen Marsch über die Landstraße, bei dem ihnen kein Fahrzeug begegnete, stießen sie auf einen nach links abbiegenden Waldweg und auf ein Schild, auf dem »Hotel Burg Bimsstein« und darunter »noch 500 Meter« stand.
Der weißgestrichene Pfosten, an dem das Schild mit Nägeln befestigt war, stand schief in der Erde und sah wurmstichig aus.
»Ist das trostlos hier«, sagte Heiner.
Sie blieben stehen und sahen einander an. Fuzzi machte seufzend ein Foto von dem Schild.
»Fürs Archiv.«
Als sie den Waldweg entlangspähten, schien es ihnen, als blickten sie in den Eingang zur Hölle. Ein finstergrüner Schlund tat sich vor ihnen auf. Die Bäume, die rechts und links des Wegs standen, waren zwar nicht übermäßig hoch, aber ihre Wipfel waren so stark geneigt, daß sie fast zusammenwuchsen. Man konnte keinen Himmel sehen. Der Waldweg wirkte wie ein langer, von Nebel erfüllter Tunnel. Irgendwo in weiter Ferne schien er eine Biegung zu machen; jedenfalls konnte man das Ende nicht erkennen. Der Nebel waberte in Fußhöhe besonders dicht.
»Geh du voran.« Heiner schüttelte sich vor Abscheu. »Du kennst dich mit Geisterbahnen besser aus als ich.«
»Also wirklich!« Fuzzi seufzte. Seine Augen zeigten plötzlich einen eigenartigen Glanz. »Das ist ge-

nau der richtige Treffpunkt für eine Horde Vampire.« Er schnalzte mit der Zunge und machte noch eine Aufnahme. »Los, komm!«
Heiner nahm sein Köfferchen und folgte ihm langsam und vorsichtig. Die Atmosphäre, die hier herrschte, war nicht gerade dazu angetan, Urlaubsstimmung oder Heiterkeit in ihm zu erzeugen.
Nach zwanzig Metern drehte Heiner sich um, aber die Landstraße war nicht mehr zu erkennen. Dafür vernahm er ein unheimliches Rauschen.
»Ein Wolkenbruch«, bemerkte Fuzzi.
Zum Glück war das Blattwerk der über ihnen aufragenden Bäumen so dicht, daß es wie ein Regenschirm wirkte. Kurz darauf machte der Weg einen Knick und dann noch einen. Irgendwann – Heiner hoffte schon, daß man die Burg inzwischen für Touristen geschlossen hatte, damit sie wieder umkehren konnten – war der grüne Tunnel zu Ende. Vor ihnen tat sich eine Lichtung auf.
Und dort ragte sie empor: Burg Bimsstein – beziehungsweise das, was von ihr übriggeblieben war. Aus der Nähe wirkte sie noch unheimlicher. Dunkle, von der Nässe des Regens geschwärzte Mauern, bemoostes Gestein, leere Fensterhöhlen glotzten. Auf den Zinnen hockten schwarzgefiederte Vögel mit langen gelben Schnäbeln und stießen klirrende Laute aus. Rechts und links wuchs meterhohes Unkraut. Der Wassergraben, der das alte Gemäuer umgab, war ausgetrocknet und mit dichtem Gestrüpp und dünnen Bäumchen bewachsen. Die Zugbrücke sah morsch aus.

Am Himmel über der Lichtung waren inzwischen schwarze Wolken aufgezogen, die der gesamten Umgebung jene Atmosphäre verliehen, die Heiner von Fuzzis Gruselfilmplakaten her kannte.
Um ihr den letzten Schliff zu geben, fehlte nur noch ein Fledermausschwarm, der auf den halb eingestürzten Turm zuflöge, der rechts von ihnen aufragte – mit dem langzahnigen Grafen aus Transsilvanien an der Spitze.
Heiner schauderte. Es war hier so dämmrig, als wäre es Abend.
Ein kalter Wind kam auf und ließ das Gefieder der schwarzen Vögel und die Blätter der Bäume rauschen. Irgendwo klapperte ein loser Fensterladen. Tapp, tapp, tapp!
»Fuzzi!« Erschreckt und in schierer Panik verkrallte sich Heiner in Fuzzis Ärmel.
»Hast du etwa Angst?« Fuzzi schnaubte höhnisch und warf sich heldenhaft in die Brust.
Heiner ließ ihn schnell wieder los. Es war immer dasselbe! Sobald man sich bemühte, aufrichtig seine Angst zu zeigen, machten sich die besten Freunde über einen lustig. Was, zum Kuckuck, konnte er dafür, wenn ihm diese Gegend unheimlich und furchteinflößend vorkam? Hatte er kein Recht auf seine ehrlich empfundene Angst?
Die Burg, der Wald, der Nebel, die Krähen – all das war doch wirklich nicht dazu angetan, Vertrauen zu erwecken. Heiner fragte sich, wo Fuzzi diese Kaltschnäuzigkeit hernahm. Er schien sich nicht im geringsten zu fürchten. Vielleicht lag es am Alters-

unterschied. Fuzzi war schließlich schon vierzehneinhalb, und damit sechs Monate älter.
Fuzzi zückte erneut seinen Fotoapparat und ging auf einen finster auf ihn niederblickenden Krähenschwarm zu.
Blitz! Blitz! Blitz! machte er.
Die Krähen machten krah! krah! krah!, warfen sich in die Lüfte und fegten mit rauschenden Schwingen – geblendet und voller Panik – im Tiefflug über Fuzzis Kopf hinweg.
Nun zeigte sich, wie mutig der große Vampirjäger war: Fuzzi kreischte auf, ließ den Fotoapparat fallen und raste mit einem lauten Hilfeschrei, der verdächtig nach »Maaamaaa!« klang, ins Dickicht.
Heiner wieherte und klopfte sich vor Vergnügen auf die Schenkel.
Am liebsten hätte er sich am Boden gekugelt, aber dafür war es entschieden zu feucht.
Es dauerte eine ganze Weile, ehe Fuzzi es wagte, die Nase aus dem Gebüsch zu schieben. »Sind sie weg?«
»Haha!« machte Heiner. »Kommen Sie raus, Van Helsing, Dracula ist weg.« Van Helsing war der legendäre Romanheld, der den transsilvanischen Grafen zur Strecke gebracht hatte.
Fuzzi schaute sich mißtrauisch um und behauptete dann großspurig: »Glaub bloß nicht, ich hätte Angst gehabt.«
»I wo!« sagte Heiner großzügig. »Wie sollte ich?«
»Es war 'ne reine Kurzschlußreaktion. Die Viecher haben mich nur erschreckt.« Fuzzi zog die Nase

hoch und hob seine Kamera auf. »Ich werde mich doch nicht vor ein paar Krähen fürchten. Ich fürchte mich nicht mal vor Vampiren. Ich habe nämlich eine todsichere Vampirabwehrwaffe dabei.«
»Echt?« staunte Heiner. »Zeig mal.«
Fuzzi griff in die Jackentasche und hielt ihm triumphierend Knoblauchzehen unter die Nase.
Heiner schnüffelte. Wenn diese Waffe so wirkte, wie sie roch . . .
»Da schnallste ab, was?« sagte Fuzzi, ganz der Fachmann. »Wenn man Knoblauch dabei hat, kann einem nicht mal Dracula persönlich an den Kragen. Vampire sind allergisch gegen das Zeug. Sobald sie es riechen, kriegen sie den Horror.«
Heiner ließ seinen Koffer fallen, warf den Kopf in den Nacken und brach in lautes Gelächter aus. Es packte ihn so sehr, daß er sich die Seiten halten mußte.
Fuzzi gaffte ihn an, als hätte Heiner den Verstand verloren, und sagte mit gerunzelter Stirn: »Du wirst es schon sehen. Warte nur ab! Noch bevor die Nacht um ist, wirst du mich anflehen, dir etwas davon abzugeben.«
Heiner wischte sich die Tränen aus den Augen und nahm seinen Koffer.
»Fuzzi, du bist mir einer! Laß uns gehen, sonst werden wir noch naß.«
Frohen Mutes, denn seine Lachanfälle hatten nicht unwesentlich zu seiner Laune beigetragen, schritt Heiner voran, bis sie sich erneut einem dunklen Tunnel näherten: dem Eingang der Burg.

Das Burgtor gab es nicht mehr. Nur ein paar rostige Scharniere in der regennassen Wand deuteten an, daß es sich hier einst befunden haben mußte. Der Tunnel führte durch eine dicke Mauer; am anderen Ende sah man Licht.
Sie kamen in einen engen Innenhof. Der Boden war gepflastert, doch er wies überall Lücken auf, in denen Unkraut und Löwenzahn wuchsen. Ein alter Einspänner stand, halb umgekippt und mit gebrochenen Rädern, an einer Wand. Daneben zeigte ein Schild mit einem Pfeil, in welcher Richtung es zur »Burgschenke« ging.
Sie stiegen über Stock und Stein, über rostige Blecheimer, morsche Bretter, Plastiktüten und Coladosen, bevor sie in den engen Gassen des Innenhofes eine aus großen Steinquadern bestehende Wand erspähten – und mehrere Fenster mit bunten Butzenscheiben. Hinter den Scheiben brannte Licht. Heiner entdeckte ein paar ausgetretene Treppenstufen, die zu einer alten Holztür hinaufführten. Auf der Tür stand »Burgschenke« und darunter »Anmeldung«. Kurz darauf standen sie in einem engen Korridor, der sich in der Finsternis zu verlieren schien. Links befand sich eine weitere Holztür, an der jemand einen Pappteller mit einer Reißzwecke befestigt hatte. Auf dem Pappteller stand »Zur Gaststube«.
Fuzzi klopfte an. Nichts.
Heiner schüttelte sich. Er sehnte sich nach einer heißen Suppe. Und hinter der Tür roch es genau so, als könne er diese dort bekommen.

Fuzzi öffnete die Tür. Sie traten ein. Oha! Heiner rieb sich überrascht die Augen. Vor ihnen breitete sich eine gemütliche, sauber geputzte, leicht mittelalterlich wirkende Taverne aus. Die Dielenbretter waren nagelneu.
An den Wänden hingen antike Funzeln, schartige Säbel, bunte Schilde mit kleinen Dellen und gerahmte Gemälde mit alten, bärtigen Rittern, die goldene Helme und federgeschmückte Hüte trugen. Es war warm und trocken.
Zwei Ritterrüstungen, denen man ansah, daß sie frisch poliert waren, bewachten den Eingang. Rechts von ihnen erhob sich eine kleine Theke, hinter der ein blondes Mädchen mit Sommersprossen und einer riesigen Brille über einen dicken Schmöker gebeugt war. Der Schmöker war fast so dick wie ein vierfacher Hamburger.
»Huch!« sagte das Mädchen, als Heiner und Fuzzi plötzlich vor der Theke standen. »Habt ihr mich aber erschreckt!«
»Guten Tag«, sagte Fuzzi.
Heiner sah dem Mädchen in die Augen. Blaue Augen, wie schön! Er spürte, wie seine Ohren anfingen zu zucken. Das war das Zeichen. Ihm wurde klar, daß seine zukünftige Frau vor ihm stand, denn unter anderem, bildete er sich ein, zuckten seine Ohren auch dann, wenn er unsterblich verliebt war. Und jetzt zuckten sie besonders stark. Wenn das kein Beweis war!
Das Mädchen sah zwar wie fünfzehn aus, aber das machte nichts. Mama war auch ein Jahr älter als

sein sehr zerstreuter Vater, und ihre Ehe klappte trotzdem.
»Ich bin Fuzzi Fuchs«, stellte Fuzzi sich lässig vor, »der Bruder von Marie-Antoinette. Der Kleine hier« – er stellte sich auf die Zehenspitzen – »ist mein Freund Heinrich.«
»Hei-Hei-Heiner!« stotterte Heiner, wobei er das Mädchen noch immer angaffte.
»Wir sind fürs Wochenende angemeldet«, sagte Fuzzi und sah sich mit einem weltmännischen Blick in der Gaststube um. »Marie-Antoinette hat doch sicher alles abgeklärt?«
»Klar«, sagte das Mädchen und gab ihm einen Schlüssel.
»Ihr habt Zimmer hunderteins. – Das ist im ersten Stock.«
»Weiß ich«, sagte Fuzzi.
»Warst du schon mal hier?« fragte das Mädchen interessiert.
»Das auch.« Fuzzi warf sich in die Brust.
»Aber jemand, der in internationalen Tophotels verkehrt, weiß eben, daß die erste Zahl einer Zimmernummer immer das Stockwerk anzeigt.«
»Oh!« Das Mädchen schien beeindruckt.
Fuzzis Angeberei machte Heiner schlagartig klar, daß sich auch sein Freund Hals über Kopf in das Mädchen verliebt hatte.
Na, das konnte ja heiter werden!
Wenn Fuzzi sich verliebte, versuchte er stets, seiner Angebeteten zu imponieren, indem er so tat, als wäre er der Neffe von Graf Knox und hätte

schon alle Weltstädte gesehen. Heiner war in dieser Hinsicht ganz anders: Er stand wie ein Trottel mit offenem Mund da und wackelte mit den Ohren.
»Warum starrst du mich so an, Heiner?« fragte das Mädchen hinter der Theke. »Sitzt etwa irgendein ekliges Insekt auf meiner Schulter?«
»Äh, äh, äh –« Eine heiße Woge schoß aus Heiners Bauch in seine Wangen und ließ ihn noch liebenswerter aussehen – wie eine reife Tomate.
»Mein Freund hier«, nahm Fuzzi die Chance gleich beim Wickel, um noch einmal darauf hinzuweisen, was er für ein Weltmann war, »ist immer schwer beeindruckt, wenn Papa ihm erlaubt, in meiner Obhut auf Reisen zu gehen.«
»Hast du etwas mit den Ohren?« fragte das Mädchen und deutete auf Heiners Kopf. »Sie zucken so komisch.«
»Ich, äh –«, sagte Heiner mit ausgedörrter Kehle. »Kann ich ein Glas Wasser haben?«
»Huch!« entfuhr es dem Mädchen. Sie sah Fuzzi erstaunt an. »Er kann ja sprechen!«
»Natürlich kann ‚er' sprechen!« sagte Heiner wütend. »Jetzt reicht's mir aber!«
Er holte tief Luft und spürte, wie Gift und Galle in ihm hochstiegen.
Wenn er etwas nicht leiden konnte, dann Freunde, die die schlappen zwei Zentimeter, die sie nun mal größer waren, gegen einen ausspielten, ihn »Kleiner« nannten und sich in die Mädchen verliebten, in die er schon verliebt war. »Außerdem war ich auch schon mal in einem Hotel.«

»Wirklich?« Das Mädchen sah Heiner mit herrlich großen blauen Augen an. »Was du nicht sagst!«
»Und du«, giftete Heiner Fuzzi an, »bist lediglich sechs Monate älter als ich.«
»Ja, ja, schon gut, reg dich nicht auf«, sagte Fuzzi schnell.
Er nahm wohl an, daß Heiner vorhatte, ihn noch mehr bloßzustellen. »Ich hab' doch nur einen Witz gemacht.«
»Grumpf!« machte Heiner.
Das Mädchen reichte ihm ein Glas Limonade. »Hier, ich lade dich ein.«
Ein Triumphgefühl wallte in Heiner auf, als sie ihm das Glas reichte.
Doch als er Fuzzi gerade mit einem vernichtenden Blick klarmachen wollte, daß er, Heiner, bessere Chancen bei dem Mädchen hätte, lud sie auch Fuzzi zu einer Limo ein.
Fuzzi bedankte sich wie ein Playboy aus einem Film, was Heiner nur noch saurer machte. Mit leisem Gebrumm nahm er an einem rustikalen Holztisch Platz.
Heiner beäugte argwöhnisch jeden Blick, den Fuzzi ihrer jungen Gastgeberin zuwarf.
Das Mädchen setzte sich zu ihnen und stellte sich vor. »Ich heiße Linda.« Sie reichte ihnen die Hand und deutete mit dem Daumen über die Schulter. »Mein Paps und mein Onkel Ludwig haben diesen alten Kasten vor einem Jahr geerbt.« Sie stieß einen Seufzer aus. »Leider ist mit der Burg nicht viel Staat zu machen. Ihr habt ja gesehen, wie es drau-

ßen aussieht. Drinnen ist es an manchen Stellen sogar noch schlimmer.«
»Wollt ihr die Burg nicht renovieren?«
Linda lachte hell. »Das tun wir doch gerade, aber erst einmal von innen. Ein Dutzend Bauarbeiter ist im Moment damit beschäftigt.«
Sie seufzte. »Aber es kann noch Jahre dauern, bis wir mit allem fertig sind. – Habt ihr eine Ahnung, was das kostet? Bestimmt eine Million, wenn nicht mehr. Das ganze Gemäuer ist feucht – von diesem Flügel abgesehen. Onkel Ludwig ist fast pausenlos unterwegs, um Geld aufzutreiben, aber bisher . . .« Sie schüttelte den Kopf. »Sobald die Leute von den Banken sich hier umgesehen haben, nehmen sie Reißaus.«
Lindas Eltern leiteten ein kleines Hotel am Mittelmeer, mit dessen Einnahmen es ihnen gelungen war, einen Teil der Burgzimmer zu renovieren und neu einzurichten. Anfangs hatten sie und Onkel Ludwig geglaubt, es müßte ein tolles Geschäft sein, aus einer Burg ein Hotel zu machen.
»Wegen der Romantik und so weiter.« Aber sie brauchten wenigstens eine Million. »Keiner will Geld in den alten Kasten stecken«, klagte Linda. »Wenn das Wetter schön ist, kommen zwar ein paar Ausflügler her, aber meist sehen wir nur den Förster und ein paar Waldarbeiter.«
Manchmal, wenn im nahe gelegenen Waldsee-Hotel keine Betten mehr frei waren, bekamen sie schon mal ein paar Gäste ab, aber das Burghotel war immer noch ein Zuschußbetrieb.

»Wir haben vierzig Zimmer hergerichtet«, sagte Linda, »aber im Moment werden die meisten von den Bauarbeitern bewohnt, die hier arbeiten.«
An diesem Wochenende freilich, merkte Linda an, erwartete man erstaunlicherweise neun zahlende Gäste: Fuzzi und Heiner sowie sieben männliche Ausflügler.
Fuzzi warf Heiner einen wissenden Blick zu. Von wegen Ausflügler! signalisierten seine Augen. Es sind die Jünger des Grafen Dracula.
Um zu verhindern, daß Fuzzi seine zukünftige Ehefrau mit Vampirgeschichten verschreckte, warf Heiner flink ein: »Und du bewirtschaftest das alles allein mit Marie-Antoinette?«
»O nein«, erwiderte Linda kopfschüttelnd. »Ich bin nur in den Ferien hier. Onkel Ludwig leitet den Laden. Und dann haben wir noch Frau Knautsch, die Haushälterin, und natürlich Marie-Antoinette.« Diese richtete, wie sich herausstellte, gerade ihr Zimmer her.
»Und deine Eltern?« fragte Heiner.
»Sie leben an der Riviera«, sagte Linda, »und verdienen Geld, damit wir diesen Kasten notdürftig trockenhalten können. Aber lange können sie das nicht mehr finanzieren. Das Hotel, das sie da unten leiten, gehört uns nämlich nicht.«
Die Tür der Gaststube ging auf, und an der Spitze eines guten Dutzends kräftiger Burschen in derber Arbeitskleidung, die wie Bauarbeiter aussahen, trat ein flotter Mittsechziger ein. Er hatte ein wettergegerbtes Gesicht und trug verwaschene Jeans, Stiefel

und ein rotkariertes Hemd. Die Bauarbeiter strömten sofort an einen großen Tisch und verlangten nach dem zweiten Frühstück. Eine dicke kleine Frau mit einer weißen Schürze kam aus der Küche und nahm ihre Bestellungen entgegen. Linda verschwand hinter der Theke und setzte die Kaffeemaschine in Betrieb.
Der flotte Mittsechziger kam mit einem Pfeifchen in der Hand zu Heiner und Fuzzi an den Tisch und stellte sich als Lindas Onkel vor.
»Ich freue mich über jeden Gast«, sagte er fröhlich und schüttelte ihnen kräftig die Hand. »Ich bin Baron Ludwig von Lumpe, der halbe Burgherr.« Er grinste. »Der andere halbe Burgherr ist mein Bruder Hermann.«
Fuzzi stellte sich und Heiner vor.
»Ich erinnere mich an dich«, sagte der Baron. »Du warst schon einmal kurz hier. Du bist Marie-Antoinettes Bruder, nicht wahr? Deine Eltern haben sich auch angemeldet, stimmt's?«
Fuzzi nickte säuerlich. Dann klingelte das Telefon, und Linda rief: »Heiner! Für dich! Telefon!«
Heiner zuckte zusammen. Telefon? Für ihn? Wer, zum Kuckuck, wußte denn . . . Er konnte sich keinen Reim darauf machen. Sein zerstreuter Schriftstellervater mußte längst vergessen haben, wo er war. Blieb also nur seine Mutter. Heiner hatte ihr am Morgen in aller Eile einen Zettel geschrieben, auf dem stand, daß Papa über alles Bescheid wußte.
Er ging an die Theke, hob den Hörer ans Ohr und meldete sich.

Es war sein zerstreuter Vater.
»Ja, Papa?«
»Mensch, Heiner«, sagte Homer Lundquist, »was bin ich doch für ein vergeßlicher Tropf! Ich habe mir wirklich eingebildet, ich hätte vergessen, dir zu sagen, daß wir morgen für eine Woche nach Burg Bimsstein fahren wollen.«
»Wie?« sagte Heiner erschreckt.
»Und eben erzählt mir Mama, daß du Bescheid weißt und schon einen Tag früher abgereist bist. Also habe ich es dir doch gesagt, wie?«
»Ähm, ähm . . .« Heiner stotterte verwirrt. »Gewiß!«
»Dann halt die Ohren steif. Wir kommen morgen. Tschüs, mein Sohn!«
»Tsch . . .«
»Ist was?« fragte Linda.
»Das ist das Ende!« Heiner stöhnte. »Das Ende einer langen und wunderbaren Freundschaft.«
»Wie bitte? Ist dir nicht gut?«
Heiner wankte an den Tisch zurück. Baron Ludwig hatte sich inzwischen wieder zu den Bauarbeitern gesellt und stimmte ein offenbar unmodernes Lied auf einer Laute an. Den Bauarbeitern schien es nicht zu gefallen.
»Hör mal«, sagte Fuzzi aufgeregt, als Heiner sich wie in Trance wieder hinsetzte, »der Baron war ganz begeistert von meinem tollen Fotoapparat; er hat mich gebeten, Aufnahmen von der Burg zu machen.« Er schnalzte mit der Zunge. »Und zwar von innen und außen. – Damit er den Leuten später

mal zeigen kann, wie der alte Kasten vor der Renovierung ausgesehen hat.«
»T-t-toll«, stotterte Heiner, der noch immer nicht ganz bei sich war.
»Was ist?« fragte Fuzzi. »Du siehst aus, als wäre dir Graf Dracula persönlich begegnet.«
»Viel schlimmer!« Heiner ächzte. »Meine Eltern kommen morgen.«
»Verflixt!« sagte Fuzzi. »Die werden bestimmt auch ein Auge auf mich haben. Und ich habe mich schon so gefreut, in den Burggrüften herumzuschleichen. Sie werden uns alles verbieten.«
»Du verstehst nicht, Fuzzi. Du verstehst überhaupt nichts. – Deine Eltern kommen doch auch! Kannst du dir vorstellen, was passiert, wenn Bonifatius von Kyffhäuser und Homer Lundquist aufeinanderprallen?«
»Mein lieber Herr Gesangverein!« Fuzzi erbleichte. »Das müssen wir verhindern!«
»Und wie?« Heiner hob resigniert sein Limoglas an die Lippen und starrte stumpfsinnig auf die Butzenscheiben, vor denen Fuzzi saß.
Im gleichen Moment überkam ihn ein namenloses Grauen. Hinter der Scheibe erblickte er ein haariges Gesicht.
Zuerst glaubte er, es wäre die Schnauze eines Schäferhundes, der sich auf die Hinterläufe gestellt hatte, um durch das Fenster zu linsen. Doch dann sah er, daß das Hundegesicht menschliche Züge aufwies. Es war stark behaart und drückte sich die Nase an der Scheibe platt.

Als Heiner erschreckt aufschrie, zuckte der unheimliche Beobachter zusammen und zog den Kopf ein. »Da!« schrie Heiner. »Da!«
Die Köpfe der Anwesenden fuhren herum. Der Baron ließ seine Laute fallen. Irgendwo klirrte ein Glas.
»Schockschwerenot«, sagte Fuzzi in die plötzliche Stille hinein. »Ein waschechter Werwolf!«

Der Werwolf von Wunsiedel

Es dauerte einige Zeit, bis der Baron und die Bauarbeiter sich von ihrem Heiterkeitsausbruch erholt hatten, denn wie jeder Mensch, der Herr seiner Sinne ist, hielten auch sie Fuzzis Bemerkung für einen guten Witz.
Nachdem Heiners schamrotes Haupt wieder seine natürliche Farbe angenommen hatte, stand ihm der Sinn nur noch nach einem: Er wollte so schnell wie möglich den Ort seiner Blamage verlassen. Deswegen täuschte er ein dringendes Bedürfnis vor und gab an, er müsse sich nach der anstrengenden zwanzigminütigen Bahnfahrt erst mal bei einem Nickerchen erholen.
Sogar Fuzzi hatte dafür Verständnis. Sein erschreckter Hechtsprung unter den Tisch war natürlich auch kein Ruhmesblatt für jemanden, der es darauf abgesehen hatte, das Herz des blonden Burgfräuleins zu erobern. Da er nicht als völlig vertrottelt dastehen wollte, ließ er schnell ein paar wit-

zige Bemerkungen fallen und folgte Heiner aufs Zimmer. Dort warfen sie sich erst einmal auf die Betten und schämten sich eine halbe Stunde.
Als sie es wieder wagen konnten, in den Spiegel zu sehen, fiel ihnen die Katastrophe des anstehenden elterlichen Besuches wieder ein. Sie fragten sich, wie sie verhindern konnten, daß ihre Väter in der Gaststube über Homer Lundquist und Bonifatius von Kyffhäuser sprachen. Heiner und Fuzzi hätten – im Rahmen ihres Taschengeldes – jeden Preis für eine gute Idee bezahlt, aber leider war niemand da, der ihnen eine verkauft hätte.
Es klopfte, und Marie-Antoinette trat ein.
Fuzzi fiel ihr, ganz gegen seine sonstigen Gewohnheiten, um den Hals und schilderte das nahende Desaster. Marie-Antoinette, die ebenso normal war wie ihr Bruder, schüttete sich zunächst vor Lachen aus. Doch als sie begriff, was ihrem Bruder und seinem Freund drohte, versprach sie, sofort ihren Verlobten Felix zu alarmieren, denn er galt als Genie im Aushecken von Ablenkungsmanövern. Felix hatte es nämlich irgendwie geschafft, seine Eltern davon zu überzeugen, daß ein talentierter Student wie er, statt der veranschlagten acht, unbedingt sechzehn Semester studieren müsse, und das war für einen Soziologen ziemlich lang.
»Aber wir haben so gut wie keine Zeit mehr!« rief Fuzzi aus. »Er soll bloß schnell nachdenken!«
»Felix macht das schon«, sagte Marie-Antoinette beruhigend. »Ihr könnt euch auf ihn verlassen. Er kommt heute abend; dann weihe ich ihn ein.«

Als sie wieder gegangen war, beruhigten Heiner und Fuzzi sich ein wenig. Sie nahmen das Zimmer näher in Augenschein und packten Koffer und Rucksack aus. Von innen, stellten sie fest, sah die Burg hundertmal besser aus als von außen. Die Bauarbeiter hatten schon allerhand geleistet. Dies galt zumindest für den bewohnten Teil. Der Rest des Gemäuers ließ ihnen dafür eine Weile später die Haare zu Berge stehen.
Sie gingen etwas verfrüht zum Mittagessen hinunter. Die Burgschenke war leer. Linda setzte sich zu ihnen und erzählte ein bißchen von der Umgebung. Die Vorfahren waren Raubritter gewesen, deswegen war diese Gegend seit alters her nicht besonders stark bevölkert.
Im Umkreis von zehn Kilometern gab es eigentlich nichts anderes als dichte Misch- und Tannenwälder, ein paar Gutshöfe und das modern eingerichtete Waldsee-Hotel. Das Waldsee-Hotel wurde vorwiegend von Leuten besucht, die Wert auf Ruhe legten, weil sie mit ihren Gummientchen planschen wollten, ohne daß fanatische Windsurfer ihnen ein Ohr absegelten. Das nächste Dorf war zwei Kilometer vom Hotel entfernt.
Heiner, der sich inzwischen nicht mehr sicher war, ob er nun einen Werwolf oder einen Hund gesehen hatte, unterdrückte ein leicht mulmiges Gefühl, als sie nach dem Essen auf den Hof hinausgingen.
Fuzzi hingegen wirkte recht zuversichtlich. »Besser hätten wir es gar nicht treffen können«, meinte er und schnalzte mit der Zunge. »Als offizielle Burg-

fotografen können wir überall herumschnüffeln, ohne uns verdächtig zu machen.«
»Dein Wort in Gottes Ohr!« Heiner musterte den Himmel. Zwar hatte es aufgehört zu regnen, aber finster und kalt war es noch immer. Gut, daß sie Anoraks mitgenommen hatten. Sie gingen wieder hinauf, um sie anzuziehen. Ihre Hosen waren auch ein bißchen zu sommerlich. Heiner schlug Jeans vor, damit konnten sie auch in den noch nicht renovierten Gängen herumkrauchen.
»Bevor J. S. und seine Vampire eintreffen«, sagte Fuzzi, als sie auf dem Korridor standen, »müssen wir die Lage überschaut haben. Wir müssen uns jede Treppe und jeden Gang einprägen.« Er hängte sich die Kamera um den Hals.
Als sie an der Treppe standen, meinte Heiner mit einem spöttischen Grinsen: »Wie ich sehe, Doktor Watson, tragen Sie warme Unterwäsche.«
»Sie erstaunen mich immer wieder, Holmes!« ulkte Fuzzi gutgelaunt zurück. »Wie, zum Teufel, haben Sie das nur wieder herausgefunden?«
»Nun, ganz einfach, Watson«, erwiderte Heiner, »Sie haben vergessen, Ihre Jeans anzuziehen.«
Fuzzi blickte an sich hinunter, zischte einen Fluch und eilte wie der Blitz ins Zimmer zurück. Als er wieder zurückkam, hatte er zwar mächtig rote Ohren, war aber vollständig angezogen. Sie ließen die Treppe zunächst unbeachtet und machten sich zuerst daran, den Korridor zu untersuchen, in dem ihr Zimmer lag. Hier gab es neun weitere Räume, deren Türen mit Nummern versehen waren.

Am Ende des Korridors stießen sie auf eine Tür, in der ein Schlüssel steckte. Die Tür war schwer zu bewegen, denn sie war zwar mit Holz überzogen, bestand aber aus Metall. Heiner öffnete sie, und sie fanden sich in einem großen, holzgetäfelten Saal mit einem riesigen Kamin wieder. Die Wände waren voller Risse. Es roch modrig. Die Dielen waren naß und hier und da leicht nach oben gewölbt. Überall wucherten Schimmelpilze.
»Igitt!« sagte Fuzzi. »Hier kann man sich ja was brechen.«
Es war unangenehm kalt in diesem Raum. Unvorstellbar, daß die Ahnen der Burgbesitzer hier einst rauschende Feste gefeiert hatten. Im Moment kam man sich darin vor wie auf einem Trümmergrundstück. Die Decke war sehr hoch, die meisten Fenster hatten keine Scheiben mehr und waren mit dicken Brettern vernagelt.
Fuzzi machte ein paar Aufnahmen, dann deutete er auf eine Reihe von Türen. »Laß uns mal nachsehen, wohin die führen.«
Sie kamen in leere Räume, von denen erneut Türen abgingen, aber einige schienen abgeschlossen zu sein. Manche führten in kleine Abstellkammern. Hinter der letzten Tür entdeckten sie einen Korridor und eine Treppe, die nach unten und nach oben führte. Da sie keine Lust hatten, in die Grüfte hinabzusteigen, faßten sie den Beschluß, zuerst die oberen Räumlichkeiten zu erforschen.
Bald fanden sie sich in jenem Teil der Burg wieder, dessen Zustand wirklich katastrophal war. Durch

leere Fensterhöhlen pfiff ein naßkalter Wind; Vögel aller Arten und Größen stoben krähend und krakeelend auf, als sie eintraten.
In einer dunklen Kammer rauschte und raschelte es, und als sie aufschauten, erkannten sie unter den geschwärzten Balken ein Heer von schlafenden Fledermäusen.
Heiner lief es kalt über den Rücken, denn ihr Anblick erinnerte ihn unwillkürlich an den Grafen aus Transsilvanien.
Fuzzi kicherte, als er die Fledermäuse sah. Als Experte für echte Vampire wußte er, daß es harmlose Tiere waren, die niemandem etwas taten.
Eine Stunde später kam Heiner sich fast wie ein Archäologe vor, denn sie erforschten immer weitere Räume und Kammern voller Gerümpel und Schutt. Viele Zimmer waren fensterlos, grau und kahl, in anderen hatte sich der Putz von den Wänden gelöst, und auf der Holztäfelung nistete der Schimmel. Ihre Schritte erzeugten dumpfe Echos, und wenn sie miteinander sprachen, klangen ihre Stimmen hohl. Draußen war es inzwischen noch dunkler geworden. Außerdem regnete es wieder, als wollte es nie mehr aufhören.
Als Heiner die fünfzigste Tür öffnete und sie sich unerwartet in einem heimelig ausgestatteten Saal vor einem prasselnden Kamin wiederfanden, waren sie sehr überrascht.
Die dicke kleine Frau, die zuvor in der Küche tätig gewesen war, war gerade dabei, eine lange Tafel mit einer blütenweißen Tischdecke zu versehen.

Sie zuckte zusammen, als die beiden plötzlich vor ihr standen. »Allmächtiger!« rief sie aus. »Habt ihr mich erschreckt!«
Heiner und Fuzzi stellten sich vor und erklärten ihr, daß sie im Auftrag des Barons unterwegs seien.
»Ich bin Frau Knautsch. Hier ist der Rittersaal. Wir verwenden ihn als Tagungsraum. Am Speisesaal wird noch kräftig gearbeitet.«
»Ach«, sagte Heiner unschuldig und warf Fuzzi einen Blick zu. »Wer tagt denn hier? Die Forstverwaltung?«
Frau Knautsch strich die Tischdecke glatt und zuckte mit den Schultern. »Fürs Wochenende haben sich einige Herren angemeldet. Ich weiß nicht, wer sie sind. Vielleicht gehören sie zu einem Kegelverein oder so.«
»Soso«, sagte Heiner, »zu einem Kegelverein.«
Die Frau hatte ja keine Ahnung! Aber natürlich konnten sie ihr nicht die Wahrheit sagen; noch wußten sie ja selbst nicht richtig Bescheid.
Heiner sah sich im Rittersaal um und hielt Ausschau nach einem Versteck, das ihnen die Möglichkeit gäbe, die »Kegler« zu belauschen.
Vielleicht die Truhe da? Nein, das war nicht gut, sie hatte keine Luftlöcher. Vielleicht hinter den Vorhängen?
Er trat an die hohen Fenster heran, um sie näher in Augenschein zu nehmen.
Fuzzi machte derweil ein paar Aufnahmen. Er zog eine unglaubliche Schau ab – wie ein Profi. Er warf sich sogar auf den Rücken und knipste die Dek-

ke, und das alles tat er nur, um Frau Knautsch abzulenken.
Als Heiner die Vorhänge abtastete, hörte er auf dem Burghof Stimmen. Er warf einen Blick aus dem Fenster. Baron Ludwig begrüßte gerade drei schwarzgekleidete Herren mit Schlapphüten, altertümlichen Umhängen und ernsten Gesichtern, die aus einem schwarzen Auto gestiegen waren.
Die Vampire!
Heiner erstarrte. Dann fiel sein Blick auf einen großen Stapel neuer Dachpfannen, die in einer anderen Ecke des Hofes lagen. Dahinter hockte die haarige Kreatur, die er am Fenster der Gaststube gesehen hatte. Es war ein Mann in Parka, Jeans und Tennisschuhen – zumindest sah er so aus. Sein Gesicht war dermaßen behaart, daß man von einem Bart kaum noch sprechen konnte. Und – er hatte eine Hundeschnauze.
Heiner schüttelte sich. Er bekam kein Wort über die Lippen, aber es gelang ihm, Fuzzi mit der Hand ein Zeichen zu geben.
Die unheimliche Gestalt beobachtete die Neuankömmlinge, die Lindas Onkel mit steifen Schritten in die Gaststube folgten. Der Anblick, den sie boten, schien den Mann mit dem Hundegesicht sehr aufzuregen, er war in ständiger Bewegung und hob immer wieder den Kopf. Als die Ankömmlinge im Haus verschwanden, jagte er gebückt über den Hof, wich geschickt den überall herumliegenden Baumaterialien aus und näherte sich dem Fenster, an dem er wie ein Hund hochsprang.

Heiner ächzte leise. Wie schaurig!
Fuzzi kam rasch ans Fenster. Er erfaßte die Sachlage sofort; immerhin war er ja der Experte.
»Ein Werwolf«, raunte er leise.
»Ist was, Jungs?« fragte Frau Knautsch. Sie war mit ihrer Arbeit fertig und stand an der Tür, um wieder nach unten zu gehen.
»Ich glaube, ich habe eine Maus gesehen«, sagte Heiner schnell.
»Eine Maus?« Frau Knautsch schien diese Mitteilung nicht wichtig zu nehmen. »Mäuse gibt's natürlich in jeder Burg. Aber sie tun keinem was. Ihr solltet aber auf die Ratten aufpassen. In dieser Gegend werden sie so groß wie Biber.« Sie ging hinaus und lachte schallend.
Heiner und Fuzzi schüttelten sich.
»Los!« sagte Heiner, als er seinen Schreck überwunden hatte. »Ich möchte wissen, wer dieser komische Typ ist – und was er hier will.«
Aber als sie im Burghof ankamen, war die Gestalt verschwunden.
»Es war ein Werwolf«, behauptete Fuzzi. »Ich wette, sein Rudel hat Wind von der Vampirtagung gekriegt. Das war garantiert ein Spitzel.«
Heiner, dem es mittlerweile egal war, ob er einen Werwolf oder eine wandelnde Vogelscheuche gesehen hatte, fragte: »Wo mögen sie bloß stecken? Ob sie im Wald einen Bau haben?«
»Nie und nimmer«, sagte Fuzzi. »Im Gegensatz zu Vampiren leben Werwölfe tagsüber wie normale Menschen. Wahrscheinlich haben sie sich im

Waldsee-Hotel eingemietet. Wenn sie mit dem ganzen Rudel gekommen sind, haben sie bestimmt Rabatt gekriegt.«
Heiner wußte nicht, ob er lachen oder weinen sollte. Die Ernsthaftigkeit, mit der Fuzzi seine Theorien aussprach, war absurd. Glaubte er etwa immer noch, daß die Hirngespinste aus seinen Lieblingsfilmen und -büchern tatsächlich existierten? Heiner seufzte leise. Manchmal wußte er selbst nicht mehr, was er glauben sollte.
Waren die Umstände normal, dachte er auch normal. Dann waren Vampire und andere Satansbraten für ihn nur billige Schauermärchen, mit denen man Leichtgläubige erschreckte. Hielt er sich aber in einer Umgebung auf, die Anlaß bot, sich zu fürchten, sah er die Sache anders.
Es fiel wahrhaftig nicht schwer, bei diesem Wetter im Inneren der finsteren Burgruine an unheimliche Erscheinungen zu glauben.
Heiner sah Fuzzi an. Fuzzi sah Heiner an. Sie hatten den gleichen Gedanken: Auf zum Waldsee-Hotel! Sie verließen die Burg und marschierten durch den nebelverhangenen Wald, in dem es nun noch stiller war als bei ihrer Ankunft. Um die unangenehme Umgebung schnell hinter sich zu bringen, legten sie einen mittleren Trab vor.
Als sie die Landstraße erreichten, sahen sie rechter Hand eine dunkle Gestalt, die ein gehöriges Tempo eingeschlagen hatte.
Das mußte der Mann sein, den sie verfolgten. Sie hielten sich hart am Waldrand und folgten ihm,

ohne ein Wort zu sagen. Dann machte die Landstraße einen Knick. Als sie die Biegung erreichten, war der Mann verschwunden.
»Das gibt's doch nicht!« sagte Heiner. »Er kann sich doch nicht in Luft aufgelöst haben!«
Fuzzi murmelte etwas vor sich hin.
Ein paar Minuten später hielt ein Auto neben ihnen, und ein junges Paar, das auf der Hochzeitsreise war und zum Waldsee-Hotel wollte, nahm sie mit. Kurz darauf fuhren sie an dem Mann vorbei; er saß mit tief in die Stirn gezogenem Hut auf einem Rennrad und trat gewaltig in die Pedale.
Heiner fühlte sich unglaublich erleichtert. Nach dem plötzlichen Verschwinden des Unbekannten war er auf dem besten Weg gewesen, an übernatürliche Kräfte zu glauben.
Nun stand für ihn fest, daß der Mann kein Werwolf war. Er war ein ganz normaler Mensch – er mußte es sein.
Wer hatte je davon gehört, daß Werwölfe auf Zwölfgangfahrrädern über die Landstraße düsen? Das war doch wohl lächerlich!
Sie erreichten das Waldsee-Hotel vor dem Unbekannten. Während sie auf ihn warteten, fiel ihnen ein anderer Mann auf, der hinter der gläsernen Eingangstür des Hotels herumlungerte und nervös immer wieder auf seine Armbanduhr schaute.
Auch er war dunkel gekleidet und hatte den Hut ins Gesicht gezogen. Als der vermeintliche Fahrrad-Werwolf eintraf, hellte sich seine Miene auf, und er lief ihm entgegen.

Die beiden umarmten sich. Der Fahrrad-Werwolf stieg ab und ging mit dem anderen zum Parkplatz des Waldsee-Hotels, wo sie in einem großen, fensterlosen Kastenwagen verschwanden.
Fuzzi knipste das Auto, dann warteten sie weiter. Nach einer Weile verließen die beiden unheimlichen Männer den Kastenwagen wieder und gingen zum Hotel.
Als der Fahrrad-Werwolf ins Licht der Hotelfenster trat, fiel Heiner eine Veränderung an ihm auf: Sein Gesicht war nicht mehr haarig. Es war glattrasiert und sah, wenn man den verkniffenen Ausdruck des Mannes nicht berücksichtigte, völlig normal aus. Die beiden Männer verschwanden durch die Drehtür des Hotels.
Heiner und Fuzzi folgten ihnen bis dorthin.
»Wir müssen unbedingt rauskriegen, wie der Bursche heißt, Holmes«, sagte Fuzzi. »Also mach dich auf die Socken!«
»Ich?« Heiner erschrak.
Fuzzi schob ihn flink durch die Drehtür, die sich automatisch in Bewegung setzte.
Ehe Heiner sich versah, fand er sich zwischen Topfpalmen und Sitzgruppen in einem marmornen Empfangssaal wieder. Erst einen Schritt vor der Rezeption kam er zu sich.
»Kann ich dir helfen, junger Mann?« fragte der Portier und lugte ihn über den Brillenrand hinweg neugierig an.
»Ich, ähm, ähm . . .«, machte Heiner. Seine Ohren zuckten. Was sollte er nur tun? Er konnte den

Portier doch nicht fragen, ob unter diesem Dach ein Werwolf hauste.
»Nun?« fragte der Portier geduldig.
»Der Mann«, stotterte Heiner, »der Mann, der gerade hier reingegangen ist . . .«
Der Portier zog die Augenbrauen hoch. »Was ist mit ihm?«
»Ich möchte wissen«, sagte Heiner, »ob er . . .« Und dann kam ihm die Erleuchtung. »Er hat von hinten ausgesehen wie mein Onkel Oskar.«
»Wie dein Onkel Oskar?« Der Portier warf einen Blick auf das Fach, dem er den Schlüssel des Fahrrad-Werwolfs entnommen hatte, und sah in einem dicken Gästebuch nach.
»Du mußt dich irren, junger Mann«, sagte er kopfschüttelnd. »Der Herr, den du meinst, ist Doktor Wolf aus Wunsiedel. Er heißt nicht Oskar, sondern Wolfgang.«
»Wolf!« sagte Heiner erschreckt. »Wolf? Und er stammt aus Wunsiedel?«
Ihm fiel ein, daß im »Vampir-Expreß« von einem Werwolf aus Wunsiedel die Rede gewesen war. »Wissen Sie das genau?«
»Natürlich«, versicherte der Portier und richtete sich auf. »Doktor Wolf ist ein bekannter Psychiater. Ich habe in der Zeitung von ihm gelesen.«
»Ein Psychiater?« Heiner war verdattert. Er verstand die Welt nicht mehr. Konnte das möglich sein? Oder war der ominöse Dr. Wolf in Wirklichkeit ein entsprungener Patient des berühmten Psychiaters? Hatte man je davon gehört, daß Psychia-

ter sich als Werwölfe verkleiden und in alten Burgen herumschleichen?
Heiner bedankte sich bei dem Portier und eilte zu Fuzzi hinaus, um ihn über das Ergebnis seiner Detektivarbeit zu informieren.
»Wolf heißt er?« Fuzzi runzelte die Stirn. »Ist das eine billige Tarnung! Der hat ja nicht die geringste Phantasie. Es wäre dasselbe, wenn Frankenstein unter dem Namen Frank N. Stein in einem Hotel absteigen würde.«
»Er stammt aus Wunsiedel, Fuzzi. Sagt dir das vielleicht was?«
»Ich wette«, fuhr Fuzzi fort, »er gibt sich als Arzt aus, weil man Leute mit einem Doktortitel für besonders seriös hält. Hast du je davon gehört, daß Psychiater sich als Werwölfe verkleiden und in alten Burgen herumschleichen?«
»Du nimmst mir die Worte aus dem Mund«, bestätigte Heiner.
»Also, was schlägst du vor?« fragte Fuzzi.
Heiner wäre es am liebsten gewesen, zur Burg zurückzukehren. Aber das konnte er natürlich nicht sagen, weil der Vampirexperte ihn dann für einen elenden Feigling gehalten hätte. Deswegen schluckte er und sagte: »Sehen wir uns mal den Kastenwagen an, der auf dem Parkplatz steht.«
»Genau das wollte ich auch vorschlagen. Übernimm du das. Und damit dieser Wolf nicht stiftengeht, bewache ich den Hoteleingang.«
Heiner ging zum Parkplatz und nahm den Kastenwagen in Augenschein, in dem Dr. Wolf zuvor mit

seinem Spezi verschwunden war. Er drückte seine Nase an die Fensterscheibe und spähte in das Fahrerhaus hinein. Zwischen dem Fahrerhaus und dem rückwärtigen Teil gab es einen schmalen Verbindungsgang mit einem grünen Vorhang.
Auf dem Beifahrersitz lag ein leeres Brillenetui, ein Lederbeutel von der Größe eines Boxhandschuhs, aus dessen Öffnung ein Pfeifenstiel ragte, und eines jener bunten Schundheftchen, die der Polizist so liebte, den Heiner im Stadtpark kennengelernt hatte. Das Ding hatte einen grellen Umschlag und hieß »Gary Glupp, der Geisterbeschwörer«.
Heiner schüttelte sich. Immerhin verrieten diese Gegenstände bereits einiges über den ominösen Dr. Wolf: Er war Brillenträger, Pfeifenraucher und las mit Vorliebe Schundheftchen.
Schundheftchen?
»Hum, hum«, machte Heiner. Hier stimmte etwas nicht.
Von Fuzzis Vater wußte er, daß Akademiker keine Schundheftchen lasen.
Oh, Fuzzis Vater! Ihm fiel die nahende Katastrophe wieder ein. Doch eins nach dem anderen: Dr. Wolf war entweder kein Akademiker oder die Ausnahme von der Regel.
Als er Fuzzi von seinen Erkenntnissen berichtete, versicherte der Vampirexperte: »Das ist mir auch nicht ganz geheuer. Ein Werwolf, der Geschichten über Werwölfe liest?«
Heiner konnte sich zwar nicht recht vorstellen, daß Werwölfe überhaupt etwas lasen, aber schließlich

war Fuzzi ja der Fachmann. Er wollte sich keinesfalls mit dummen Fragen lächerlich machen.
»He!« Heiner zuckte zusammen, als Fuzzi ihn in die Rippen boxte. »Schau dir das an!«
Fuzzis Hand deutete auf ein hellerleuchtetes Fenster. Hinter der Gardine stand ein Mann und telefonierte – Dr. Wolf.
»Los, komm!« flüsterte Fuzzi. Sie liefen geduckt auf das Hotel zu und blieben seitlich vor dem Fenster stehen. Endlich sahen sie den angeblichen Dr. Wolf aus der Nähe. Er war etwa dreißig, hatte kurzes Haar, einen dunklen Teint und einen Goldzahn. Er wandte ihnen zuerst die Seite, dann den Rücken zu. Der andere Mann war nicht zu sehen. Vielleicht saß er irgendwo im Zimmer.
Wolfs Telefonverbindung schien nicht viel zu taugen, denn er redete so laut, daß man seine Worte teilweise durch das Fenster hören konnte.
»Ja, ja. – Sag ich doch. – Drei von den verflixten Vampiren. – Die anderen? Keine Ahnung, die kommen vielleicht noch. – Ja. – Wir brauchen dringend Hilfe, Eddy . . .«
Er wirkte sehr erregt und wanderte mit dem Telefonapparat in der Hand durch das Zimmer.
Nun schnappten sie nur noch Fetzen des Gesprächs auf, aber sie waren nicht weniger aufschlußreich.
»Höchste Dringlichkeit . . . Kann unser Rudel Kopf und Kragen kosten . . . Verschwörung . . .«
Und so weiter.
Fuzzi warf Heiner einen triumphierenden Blick zu. Ihre Augen wurden immer größer, wenn auch

☆ Weil Autoren und Autorinnen von Kinder- und Jugendbüchern meistens Erwachsene sind, ☆ weil Verlagsmitarbeiter, Buchhändler und Buchkritiker Erwachsene sind, ☆ weil auch die Käufer von Kinder- und Jugendbüchern oft Erwachsene sind, ✏ möchten wir im Ensslin-Verlag gerne Euch, die Leser und Leserinnen von Kinder- und Jugendbüchern, nach Eurer Meinung fragen.

☆ Wenn Ihr Euch für Bücher besonders interessiert, schickt uns die ausgefüllte Karte. Ihr bekommt dann unsere neuesten Buchprospekte und jeder 50. Einsender noch ein tolles Buchgeschenk.

Ich habe diese Karte aus dem Buch: ______________________

____

◯ Ich habe mir dieses Buch selbst ausgesucht.

◯ Das Buch war ein Überraschungsgeschenk.

Was mir an diesem Buch gefällt: ______________________

____

____

____

Bitte
als Postkarte
freimachen

Ensslin-Verlag
Leserumfrage
Postfach 15 32

D-7410 Reutlingen

Was mir nicht so sehr gefällt: ______________________

____

____

Meine Meinung zum Buchumschlag: ________________

____

____

Der Ensslin-Verlag sollte mal Bücher machen über: ________

____

____

Mein Name ist: _______________________________

Meine Adresse ist: ____________________________

____

Ich bin ________ Jahre alt. (Der Rechtsweg ist ausgeschlossen.)

nicht aus den gleichen Gründen: Wolf hatte von einem Rudel gesprochen. War das nicht der Beweis? Man konnte an Fuzzis Gesicht ablesen, daß er fest davon überzeugt war, daß er sich in seiner Theorie nicht geirrt hatte. Für Heiner hingegen stand nur eins fest: Hier kochte eine heiße Sache! Wolf hatte von einer Verschwörung gesprochen!
Die Frage war nur: Gegen wen richtete sie sich?

Dunkle Gestalten in der Nacht

Nachdem Heiner und Fuzzi den größten Teil des Waldwegs hinter sich gebracht hatten und die dunklen Mauern der Burg vor sich aufragen sahen, atmeten sie erleichtert auf.
Trotzdem spürten sie ein mulmiges Gefühl im Magen. Ihre Gedanken bewegten sich im Kreis, und in ihren Köpfen spukten Ideen herum, die einerseits Graf Dracula, andererseits Homer Lundquist und Bonifatius von Kyffhäuser galten.
Im Unterholz knisterte und knackte es. Ein Käuzchen schrie; ein Hase hoppelte plötzlich vor ihnen über den nassen Weg.
Fast erleichtert vernahmen sie hinter sich das Dröhnen eines Automotors. Heiner und Fuzzi machten vorsorglich einen Satz in den Graben, als in ihrem Rücken ein Fahrzeug auftauchte. Zwei Scheinwerfer übergossen den Weg mit bleichem Licht. Der Wagen verschwand mit leuchtenden Rücklichtern im Burghof.

Heiner reckte neugierig den Hals, als das Auto an ihnen vorbeifuhr, aber der Fahrer war nicht zu erkennen. Fuzzi, der Experte, behauptete, er habe eine finstere Gestalt mit Schlapphut und schwarzem Umhang am Steuer sitzen sehen.
Als sie endlich in die Burgschenke traten, um das Abendessen einzunehmen, wurden sie von Marie-Antoinette bedient, was Fuzzi recht erheiternd fand, denn zu Hause hatte sie sich stets geweigert, seine Sachen wegzuräumen. Baron Ludwig saß am anderen Ende des Raumes, rauchte sein Pfeifchen und unterhielt sich mit dem Bauleiter, einem großen Mann namens Gustav, der eine blaue Latzhose und ein kariertes Hemd trug und ein Bier nach dem anderen trank. Felix, Marie-Antoinettes bärtiger Verlobter, saß allein an einem kleinen Ecktisch hinter einem Glas Kräutertee und spielte konzentriert eine Partie Schach gegen sich selbst. Die Zeit zwischen den Zügen vertrieb er sich damit, für Marie-Antoinette einen Pullover zu stricken.
Fuzzi wollte sofort an seinen Tisch stürmen und ihn nach seinem Plan fragen, doch Marie-Antoinette gab ihm zu verstehen, daß dies ein großer Fehler wäre. Beim Schach spielen kamen dem guten Felix nämlich die besten Ideen, und im Moment war er gerade dabei, eine Idee auszubrüten. Also nahmen sie ungeduldig an ihrem Stammtisch Platz, beobachteten das studentische Genie und bemühten sich, nicht an ihren Fingernägeln zu kauen.
Heiner fragte sich, was ihn an dem bebrillten jungen Mann mehr faszinierte: seine schrulligen

Hobbys oder daß er sich beim Schach eifrig selbst beschummelte.
Felix wurde von Herrn Fuchs und seiner Gattin hoch geschätzt, denn er gab sich sehr ehrgeizig und wollte angeblich am liebsten ebenfalls Schulrat werden. Im Moment, erzählte Fuzzi, interessierte er sich allerdings mehr für Asterix und Obelix und sammelte mit Begeisterung leere Yoghurtbecher. Nebenher war Felix ein passionierter Stimmenimitator, der nicht nur den Schnulzenkönig Heini, sondern auch Kermit den Frosch, Bundeskanzler Kappes und Roger Rabbit vortrefflich nachahmen konnte. Und mit diesem Talent, erklärte Marie-Antoinette, als sie ihnen das Essen brachte, würde er verhindern, daß Homer Lundquist und Bonifatius von Kyffhäuser einander begegneten.
»Wie das?« fragte Heiner verblüfft.
Marie-Antoinette lachte nur und meinte, sie sollten sich erst einmal stärken.
Als sie mit dem Essen fertig waren, winkte Felix sie zu sich heran. Sie setzten sich an seinen Tisch und musterten ihn erwartungsvoll. Felix stopfte sich bedächtig ein Pfeifchen und weihte sie in seinen Plan ein: Homer Lundquist und Bonifatius von Kyffhäuser würden noch am heutigen Abend einen wichtigen Anruf erhalten, der sie zwang, den geplanten Kurzurlaub auf der Burg zu verschieben.
Wie jeder Mensch, erklärte Felix, hatten auch sie mit hundertprozentiger Gewißheit den einen oder anderen Bekannten, dem sie keine Bitte abschlagen konnten. Herr Fuchs würde ganz plötzlich zu sei-

nem Vorgesetzten gerufen werden – dem Herrn Oberschulrat, der gerade in Wien auf dem Kongreß europäischer Oberschulräte weilte. Harry Schmidt würde sich nach Stockholm bemühen, um auf die Bitte des schwedischen Königs hin als Berater des Nobelpreiskomitees tätig zu werden.

»Mann!« sagte Fuzzi beeindruckt. »Das kann mein alter Herr wirklich nicht ablehnen. Oberschulrat Ossenkopp ist nämlich sein großes Vorbild.«

Heiner fand die Sache mit dem Nobelpreiskomitee zwar ein bißchen dick aufgetragen – aber warum eigentlich nicht? Sein Vater ärgerte sich schon seit ewigen Zeiten darüber, daß immer die falschen Leute den Literatur-Nobelpreis bekamen. Er würde mit Freuden annehmen, um endlich mal darauf hinzuweisen, daß es auch Krimiautoren gab, die dieser Ehre würdig waren.

»Den Oberschulrat habe ich bestens drauf«, sagte Felix feixend. »Der war nämlich mal mein Klassenlehrer. Und was König Carl Gustaf anbetrifft . . . Nun ja, ich glaube nicht, daß dein Vater seine Stimme kennt.«

»Na gut«, sagte Heiner. »Hoffen wir, daß es klappt.«

Jetzt galt es, zu beten und zu hoffen, daß Felix' Stimmenimitationskunst so gut war, daß sie wenigstens einen ihrer Väter überzeugte. Felix wollte sich kurz vor Mitternacht an das Telefon begeben, damit die beiden Väter wirklich unter zeitlichem Druck standen und nicht mehr viel Zeit zum Überlegen hatten. Am nächsten Morgen wollte er

Fuzzi und Heiner in aller Frühe Bescheid geben, wie die Sache ausgegangen war. Bis dahin hieß es zittern und zagen.

Fuzzi und Heiner wechselten noch ein paar Worte mit ihm und überließen ihn dann wieder dem Schachbrett.

Und während Felix sein zweites Ich nach allen Regeln der Kunst weiter beschummelte, kehrten sie an ihren Tisch zurück, um ihrerseits einen Plan für die kommende Nacht zu schmieden.

Fuzzi zerbrach sich den Kopf, wie sie es anstellen könnten, sich in den Tagungsraum zu schmuggeln, um die Vampire zu belauschen, und Heiner hielt angestrengt nach seiner zukünftigen Gattin Linda Ausschau. Er tat es so auffällig, daß Fuzzi nach einer Weile ungehalten wurde und nörgelte: »Du bist überhaupt nicht bei der Sache.«

»Ich bin übermüdet, Fuzzi«, log Heiner.

»Verknallt bist du!« warf Fuzzi ihm vor. »Und das jetzt, wo wir die größten Probleme haben.«

Er hatte kaum ausgesprochen, als die Tür aufging. Kalter Wind wehte herein. Vier schwarzgekleidete Männer mit Schlapphüten traten ein und sahen sich mißtrauisch um. Vier?

Ach ja – der Mann, der sie mit dem Auto überholt hatte! Heiner musterte ihn. Es war derselbe Mann, den er vor der Schule gesehen hatte. Er maß Heiner mit einem kurzen Blick, schien ihn aber nicht zu erkennen. Heiner atmete heimlich auf.

Dann geschah etwas Seltsames: Der Mann hob plötzlich den Kopf und schnupperte.

Fuzzi erbleichte. Der Mann murmelte seinen Begleitern etwas zu.
Sie rümpften im Weitergehen die Nase, zogen sich in eine Nische zurück und hängten ihre Hüte auf. Frau Knautsch erschien, und sie bestellten das Abendessen.
»Aber ohne Knoblauch, wenn ich bitten darf«, sagte der Mann, den Heiner erkannt hatte.
Seine Begleiter murmelten beifällig.
»Na also!« sagte Fuzzi. »Ist doch alles klar.«
»Was?« Heiner blickte ihn verdutzt an.
»Sie mögen keinen Knoblauch«, flüsterte Fuzzi hinter der Hand, »weil Vampire ihn nicht ertragen können. Hast du gesehen, wie sie geschnuppert haben? Ich wette, sie haben die Knoblauchzehen in meiner Tasche gerochen.«
»Glaubst du wirklich?« Heiner fiel ein, daß er auch keinen Knoblauch mochte. Und vielleicht hatte der schwarzgekleidete Mann ja nur eine empfindliche Nase.
Dennoch war es komisch.
»Das ist jedenfalls der Typ, der den ‚Vampir-Expreß' verloren hat«, sagte Heiner.
Fuzzi rieb sich nachdenklich das Kinn. »Wahrscheinlich ist er der mysteriöse J. S., der Obervampir. Schau mal, wie die anderen sich zu ihm rüberbeugen.«
Tatsächlich. Der Neuankömmling erweckte den Eindruck, als beherrsche er die Diskussion.
Er war größer, als Heiner ihn in Erinnerung hatte, und sah finster aus.

Heiner musterte ihn unauffällig. Der Mann war Ende zwanzig. Er hatte langes, dunkles Haar und war unrasiert.
Sein Kinn war voller Stoppeln. Leise und heftig redete er auf die anderen ein, die seinen Worten aufmerksam lauschten.
»Eigentlich«, flüsterte Heiner, »habe ich mir die Jünger Draculas anders vorgestellt. Sie haben nicht mal übermäßig lange Zähne.«
»Alles Tarnung«, behauptete Fuzzi.
»Und überhaupt«, Heiner erinnerte sich nun an den »Tanz der Vampire«, einen der wenigen Lichtblicke des Gruselkinos, »müßten Vampire tagsüber nicht schlafen? Ich denke, die stehen erst um Mitternacht auf.«
Fuzzi sah ihn schockiert an.
»Das sind doch alles nur Phantastereien von Drehbuchautoren. Diese Typen haben keine Ahnung. Die saugen sich alles aus den Fingern. Also wirklich, Heiner«, er schüttelte den Kopf, »wie kann man nur so naiv sein!«
»Verzeihung«, murmelte Heiner, »aber . . .«
Fuzzi ließ ihn nicht ausreden.
»In manchen Büchern steht sogar, Vampire könnten keine unterirdischen Wasseradern überqueren. Ist das nicht Schwachsinn? Kannst du mir erklären, wie sich ein Vampir in der Großstadt bewegen soll, wo die Wasserleitungen sich alle paar Meter überlappen?«
»Keine Ahnung«, erwiderte Heiner. »Aber ich hoffe doch, daß sie Angst vor Kreuzen haben.«

»Das glaube ich kaum«, sagte Fuzzi mit verkniffenem Gesicht. »Ich kann mir durchaus vorstellen, daß Vampire Atheisten sind.«
Das waren ja tolle Aussichten! Heiner zog den Kopf zwischen die Schultern und beobachtete die Männer, die sich das Essen schmecken ließen, das Marie-Antoinette ihnen serviert hatte.
Linda trat ein. Heiners Ohren fingen sofort an zu zucken. »Na, was habt ihr heute so getrieben?« fragte sie und setzte sich.
Fuzzi berichtete weitschweifig von den Fotos, die er gemacht hatte. Heiner hielt sich zurück und konzentrierte sich darauf, seine Ohren ruhigzustellen. Am besten ging es, wenn er sich ablenkte.
Er rutschte ein Stück von Fuzzi weg. Vielleicht konnte er etwas von der Unterhaltung der finsteren Herren aufschnappen. Aber er hatte kein Glück, sie redeten zu leise. Nach einer Weile nahm er mit halbem Ohr wahr, daß Linda ihn angesprochen hatte. Er zuckte überrascht zusammen und sah sie verwirrt an. »Wie bitte?«
»Ich habe dich gefragt, wo du mit deinen Gedanken bist«, wiederholte Linda lächelnd.
»Äh, äh . . .«, machte Heiner. Er hatte das Gefühl, als ob in seinem Kopf plötzlich lauter Fledermäuse herumschwirrten.
»Dein Wortschatz ist wirklich sehr beschränkt.« Linda seufzte. »Kannst du nicht endlich mal was anderes sagen?«
»Er fragt sich vermutlich«, sagte Fuzzi, der wie gewöhnlich wortgewandt war und die Gelegenheit

beim Schopfe packte, Linda um ein paar wichtige Informationen zu erleichtern, »wer die Herren mit den komischen Hüten und Umhängen sind, die da drüben sitzen.«
Linda schaute hinüber. »Die? Das sind Dichter.«
»Dichter?« Heiner fuhr hoch. Er bekam eine steile Falte auf der Stirn. »Habe ich richtig gehört?«
»Ja, Dichter«, sagte Linda. »Wie allgemein bekannt ist, dichten Dichter am liebsten dort, wo es ruhig und einsam ist.«
Ein Lächeln umspielte ihre Lippen. »Hier ist zwar sonst nicht viel geboten, aber Ruhe und Einsamkeit haben wir jede Menge.«
»Aber wieso kommen sie gleich in Scharen hierher?« fragte Heiner. »Dann ist es doch mit der Ruhe wieder aus.« Er grinste. »Oder machen sie einen Betriebsausflug?«
Fuzzi warf ihm einen warnenden Blick zu. Er hatte wohl Angst, daß Heiner zuviel ausplauderte.
»Das weiß ich auch nicht.« Linda zuckte mit den Schultern. Sie wirkte nachdenklich. »Aber sie haben auch den Tagungsraum gemietet. Vielleicht wollen sie ein Dichterseminar abhalten.«
»Was für 'n Ding?« fragte Fuzzi. Dabei wußte er genau, was das war. Schließlich war sein Vater auch in dieser Branche tätig. Bestimmt wollte er nur erfahren, was Linda sonst noch wußte.
»Nun ja«, sagte Linda, »so genau weiß ich auch nicht, was ein Dichterseminar ist. Aber ich stelle mir vor, daß der Dichterberuf eine ziemlich einsame Tätigkeit ist. Dichter sitzen den ganzen Tag

mutterseelenallein vor einem Blatt Papier und warten darauf, daß die Muse sie küßt. Vielleicht treffen sie sich zum Ausgleich hin und wieder mit ihren Kollegen. Dann halten sie in einem Hotel ein Seminar ab, spielen Skat, trinken Bier und lesen sich gegenseitig ihre neuen Gedichte vor.«
»Und das«, meinte Heiner augenzwinkernd, »nennen sie ein Dichterseminar?« Von seinem Vater wußte er, daß Schriftsteller sich tatsächlich zu solchen Seminaren treffen, und diese Leute waren die reinsten Kartenhaie.
Linda kicherte. »Wenn ich's mir recht überlege, hast du eigentlich recht: Man könnte auch Betriebsausflug dazu sagen.«
Heiner freute sich, daß Linda ihm recht gab.
Um den positiven Eindruck, den sie zweifellos von ihm hatte, zu vertiefen, sagte er mit stolzgeschwellter Brust: »Mein Vater ist nämlich auch eine Art Dichter.«
Fuzzi räusperte sich und wies, um nicht ins Hintertreffen zu geraten, rasch darauf hin, daß sein Vater als Buchkritiker im Grunde noch eine Stufe über den Dichtern stand. Auch wenn er selbst keine Bücher schreiben konnte, wußte er immerhin, was die anderen – zum Beispiel der jämmerliche Homer Lundquist – alles falsch machten.
Heiner wollte ihm gerade an die Kehle fahren, um die Ehre seiner Ahnen zu retten, als Fuzzi einen weiteren folgenschweren Fehler beging. Er deutete mit dem Kopf auf die angeblichen Dichter und stellte eine Frage, die Heiner aufstöhnen ließ: »Und

woher willst du wissen, Linda, daß die Leute dahinten echte Dichter sind?«
Auf seinem Gesicht war in aller Deutlichkeit zu lesen: Ätsch! Ich weiß es besser.
Heiner trat ihn gegen das Schienbein. Auch das war ein Fehler, denn der Tritt war so heftig, daß Fuzzi überrascht »Autsch!« schrie. Heiner hätte sich in diesem Moment liebend gern selbst einen Tritt verpaßt, denn als er Linda ansah, bemerkte er, wie es hinter ihrer Stirn arbeitete.
Gleich würde es passieren, sie würde fragen, was Fuzzis Frage zu bedeuten habe. Daraufhin würde Fuzzi damit herausplatzen, daß die Herren Dichter in Wahrheit Vampire seien. Linda würde vor Lachen vom Stuhl fallen. Sie würde Fuzzi und ihn für Schwachköpfe halten und nie wieder ein Wort mit ihnen wechseln. Fuzzi schien der gleiche Gedanke gekommen zu sein, denn er schlug sich mit der Hand vor den Mund.
»Na schön, Jungs!« Linda schaute sie ruhig an. »Packt aus! Was geht hier vor?« Ihr Blick sagte: Erzählt mir bloß nicht irgendeinen an den Haaren herbeigezogenen Stuß.
Fuzzi hatte sie mißtrauisch gemacht. Jetzt glaubte sie, daß er die angeblichen Dichter näher kannte, und nahm womöglich an, sie wären Zechpreller oder internationale Hoteldiebe. Heiner kreuzte schnell Mittel- und Zeigefinger. Peinlicherweise fiel ihm keine glaubhafte Ausrede ein.
Linda musterte die Männer, die gerade ihre Hüte aufsetzten und im Gänsemarsch die Burg-

schenke verließen. Lindas Blick war das reine Mißtrauen. »Heraus damit! Warum sollen das keine Dichter sein? Was wißt ihr?«
Fuzzi und Heiner fuhren zurück und äußerten einstimmig ein dämlich klingendes: »Äh, äh . . .« Doch das war so ziemlich das ungeeignetste Mittel, um Lindas Mißtrauen zu zerstreuen.
»Sag du's ihr«, sagte Fuzzi, schuldbewußt und gequält.
»Ich denke nicht daran.« Heiner hatte keine Lust, sich mit einer Geschichte über »leibhaftige Vampire im deutschen Wald« lustig zu machen – nicht vor seiner zukünftigen Ehefrau.
»Was soll er mir sagen?« Linda wirkte immer noch hochgradig nervös. »Ich will es wissen! Glaubt bloß nicht, ihr könnt mir einen Schreck einjagen und dann die schweigsamen Austern spielen. Wenn mit denen was nicht stimmt, kriege ich heute nacht kein Auge zu.«
Das sah Heiner ein. Fuzzi auch. Er warf seufzend einen Blick in die Runde, um sich zu vergewissern, daß ihnen niemand zuhörte. Frau Knautsch war in der Küche. Felix, den sein anderes Ich trotz seiner Schummelei besiegt hatte, saß fassungslos hinter dem Schachbrett und versuchte herauszufinden, was er falsch gemacht hatte. Der Baron saß mit Gustav und einem anderen Bauarbeiter beim Skat in der entferntesten Ecke.
»Es steckt also wirklich was dahinter«, sagte Linda.
»Erzähl's ihr doch«, sagte Heiner. Er mußte lachen. »Sie glaubt es sowieso nicht.«

Fuzzi beugte sich vor und erzählte Linda mit flüsternder Stimme, was sie hierhergeführt hatte. Er berichtete von Heiners Fund, von seiner Begegnung mit J. S. und erwähnte den ominösen Dr. Wolf, der um die Burg geschlichen war, und das Telefonat, das Wolf mit seinen geheimnisvollen Kumpanen geführt hatte.
Lindas Reaktion fiel ungefähr so aus, wie Heiner es erwartet hatte.
Ihre Augen wurden groß. Ihre Mundwinkel zuckten. Dann legte sie eine Hand vor den Mund und kicherte. Schließlich warf sie den Kopf zurück und lachte sich schief.
Der Baron, Gustav, der dritte Mann beim Skat und Felix sahen sich um und fragten sich, wer da gerade einen guten Witz erzählt hatte.
Heiner hob den Blick zum Himmel und tat so, als säße er nur zufällig hier und hätte Fuzzi noch nie im Leben gesehen. Unter keinen Umständen wollte er den Eindruck erwecken, er teile den Glauben dieses Ausgeflippten, was die Existenz von Vampiren und Werwölfen betraf.
Lindas Gewieher wurde zu einem Prusten und erstarb. Fuzzis Gesicht war knallrot. Offenbar kam er sich selbst wie ein Trottel vor.
»Oje!« Linda hielt sich die Seiten und rang mühsam nach Luft. »Vampire! Werwölfe! Mensch, Fuzzi, hast du eine blühende Phantasie!«
Fuzzis Trotz erwachte. Schließlich war er auf diesem Gebiet Experte. »Wir haben Beweise!« betonte er widerborstig. »Astreine Beweise!«

»Beweise?« Linda kicherte. »Ihr spinnt doch.«
»Ihr?« Heiner fuhr hoch und deutete mit dem Daumen auf Fuzzi. »Er! Ich nicht.«
»Du hast mit der ganzen Sache angefangen«, fauchte Fuzzi erbost zurück. »Wer ist denn mit diesem Käseblatt zu mir gekommen und hat um meinen Rat gebeten?«
Er setzte ein unverschämtes Grinsen auf. »Wer hat den Wolf zuerst gesehen? Etwa ich?«
»Nun ja«, räumte Heiner ernüchtert ein. »Aber das ist noch lange kein Beweis dafür, daß Wolf ein Werwolf ist.«
»Moment!« Linda hob erschreckt den Kopf. »Ob Werwolf oder Wolf – wenn jemand hier rumschleicht, ist das Grund genug, um mißtrauisch zu werden, oder?«
Heiner und Fuzzi nickten eifrig. Sie waren dankbar, daß das leidige Thema vom Tisch kam. Daß eine maskierte Gestalt im Burghof umhergeschlichen war, hatten sie wirklich gesehen. Und sie hatten auch gehört, daß der angebliche Dr. Wolf telefonisch Verstärkung angefordert hatte.
»Er hat gesagt«, sprudelte Fuzzi hervor, »daß die Tagung der Vamp . . . ähm, ihr wißt schon, das Rudel Kopf und Kragen kosten kann. Rudel hat er gesagt. Und er hat von Vampiren gesprochen.«
Heiner bestätigte seine Worte kleinlaut. Das machte Linda nachdenklich. Sie verschwand hinter der Theke und warf einen Blick ins Gästebuch. »Der Chef der Dichter, ich meine, der Mann, der die Zimmer bestellt hat, heißt Jochen Schocker.«

»Jochen Schocker?« sagte Fuzzi.
»J. S.!« rief Heiner. »Das ist der Mann, der im ‚Vampir-Expreß' den Bericht über . . .«
»Schocker!« Fuzzi schnaubte höhnisch und fügte hinzu, was er des öfteren von seinem Vater gehört hatte: »So heißt doch keiner!«
»Ein Tarnname«, vermutete Linda. Sie wirkte, als hätte das Jagdfieber auch sie gepackt.
Heiner war nicht davon überzeugt, daß Schocker ein Tarnname war. Er kannte auch einen Mann, der auf den Namen Herkules Schluckebier hörte.
»Erzählt mir mehr über diesen Wolf«, forderte Linda sie auf. »Er wohnt also im Waldsee-Hotel?«
Sie erzählten ihr alles: daß Wolf Pfeifenraucher war, eine Brille trug, Schundheftchen las und sich mit einem Komplizen getroffen hatte.
»Hm, hm.« Linda war nun höchst interessiert, was Heiner verwirrte. Doch dann gab sie zu verstehen, daß ihr nicht daran gelegen war, die Sache an die große Glocke zu hängen. »Als ihr angekommen seid, habt ihr doch gesehen, wie ich in dem großen Buch gelesen habe, nicht wahr?«
Heiner und Fuzzi nickten.
»Das war die Burgchronik«, berichtete Linda im Flüsterton, »in der alles steht, was seit dem vierzehnten Jahrhundert hier passiert ist.« Sie sah sich vorsichtig um. »Mir ist gerade ein Verdacht gekommen, der eure Geschichte vielleicht stützt, wenn auch auf eine andere Weise.«
Sie erzählte, daß man dem Ritter Wahnfried von Lumpe, der die Burg Bimsstein im fünfzehnten

Jahrhundert beherrscht hatte, nachsagte, er habe einen »getarnten Schatz« hinterlassen.
»O nein!« Fuzzi stöhnte. »Ich kann diese Geschichten nicht mehr hören. In jeder Burg, in der ich je war, in jeder Burg, von der ich je gelesen habe, gibt es angeblich einen Schatz, den irgendein dämlicher Ritter seinen Nachfahren hinterlassen hat. Das sind doch alles nur Sprüche, die sich jemand ausgedacht hat, um Touristen anzulocken.«
Linda funkelte ihn an. »Ich rede nicht von einem versteckten Schatz«, fauchte sie, »sondern von einem getarnten.« Da Fuzzi und Heiner sie daraufhin noch viel belämmerter anschauten, fuhr sie fort: »Dieser Wahnfried soll etwas hinterlassen haben, das seine räuberischen Zeitgenossen nicht die Bohne interessierte, weil sie davon ausgingen, es wäre völlig wertlos. Deswegen ist es auch nicht geraubt worden.«
»Was kann das wohl sein?« fragte Heiner gespannt.
Linda hatte keine Ahnung. Ihre Eltern und Onkel Ludwig hielten diese Geschichte für ein Ammenmärchen, deswegen hatten sie erst gar keine Suchexpedition gestartet.
Doch wie die Chronik behauptete, war Wahnfried ein kluger Kopf gewesen. Er hatte an seine Nachfahren gedacht und einen Teil seines Goldes in Dinge investiert, die sich noch immer auf der Burg befanden und vielleicht zu Geld gemacht werden konnten. »Und Geld brauchen wir«, sagte Linda, »sonst können wir die Renovierungsarbeiten nicht finanzieren.«

»Eine tolle Story«, urteilte Heiner, während Fuzzi mal wieder die Nase rümpfte. »Aber was hat sie mit J. S. und Dr. Wolf zu tun?«
»Wahnfrieds getarnter Schatz muß sich irgendwo in der Burg befinden«, sagte Linda. »Was ist, wenn eure Vampire und Werwölfe nichts anderes als zwei Banden sind, die davon wissen und hier herumschnüffeln, um ihn zu klauen?«
»Meiner Treu!« entfuhr es Heiner.
Diese Vorstellung war viel logischer als Fuzzis Vampirtheorie.
»Und wie soll der Schatz aussehen?« fragte Fuzzi.
»Hat Wahnfried vielleicht Kunstgegenstände gekauft?« fragte Heiner. »Wertvolle Gemälde alter Meister?«
Linda schüttelte den Kopf. »Glaube ich nicht. Die Gemälde, die hier hängen, sind nicht viel wert und stammen alle aus den letzten beiden Jahrhunderten. Zu Wahnfrieds Zeiten waren alle alten Meister außerdem noch jung und unbekannt. Es könnte etwas sein, an dem man jeden Tag vorbeiläuft, ohne sich Gedanken über seinen Wert zu machen.«
»Vielleicht Möbel«, meinte Heiner. »Vielleicht hat Wahnfried geahnt, daß alte Möbel eines Tages ungemein teuer werden. Möbel sind auch viel unauffälliger als Gemälde.«
»Tja«, sagte Linda, »irgendwas in dieser Art.«
Heiner freute sich, weil Fuzzis Vampir- und Werwolftheorie ernsthaft in Frage gestellt war.
Im Grunde hatte er sowieso nie richtig an diese Schauermärchen geglaubt.

Daß J. S. und seine Leute etwas im Schilde führten, war klar. Die Burschen waren wohl ganz gewöhnliche Ganoven, die sich als Vampir- und Werwolfbande bezeichneten. Er erklärte Fuzzi, was er meinte: Bei den Rockern, die sich »Hell's Angels« – Höllenengel – nannten, kam ja auch kein Mensch auf die Idee, sie für echte Teufel zu halten. Warum also sollten Kunst- und Möbelklauer nicht auf die Idee kommen, sich Vampire und Werwölfe zu nennen? Fuzzi mißfiel es sichtlich, daß seine Theorie allmählich die Züge einer schnöden weltlichen Räubergeschichte annahm. »Und was ist mit dem ,Vampir-Expreß'?« wandte er ein. »Wir haben doch deutlich gelesen, daß J. S. zu Besuch in Draculas Schloß war und daß er sich von den, ähm, Werwölfen bedroht fühlt.«
Auch dafür hatte Heiner eine Erklärung. Als eifriger Konsument von Gangsterfilmen wußte er, daß das organisierte Verbrechen sich die Pfründe aufteilte. Die eine Bande sahnte hier, die andere dort ab. Kamen sie sich gegenseitig ins Gehege, brach der Bandenkrieg aus. Und genau das war hier der Fall, die Werwolfbande machte sich in den Gefilden der Vampirbande breit.
»Und der Bericht über Draculas Schloß?« beharrte Fuzzi stur auf seinem Standpunkt. »Wie paßt der in deine Auslegung?«
»Das könnte ein verschlüsselter Text gewesen sein«, sagte Heiner, dem die Erklärungen plötzlich nur so zuflogen. »Vielleicht hat er eine ganz andere Bedeutung.«

»Geheimschrift meinst du?«
»So was in der Art.« Heiners Augen blitzten triumphierend. Er hatte schon wieder eine Idee. »Vielleicht steht Graf Draculas Schloß für Burg Bimsstein, und J. S. hat seinen Leuten mitgeteilt, wo die kostbaren Möbel versteckt sind.«
»Und die Werwolfbande«, ergänzte Linda, »hat die Bedeutung entschlüsselt und will der Vampirbande zuvorkommen.«
»Herrje!« sagte Heiner. »Wir sind von Ganoven umzingelt. Wir müssen etwas unternehmen.«
Sollten sie die Polizei einschalten?
Fuzzi riet ab. »Wir haben nicht mehr in der Hand als Vermutungen und den ‚Vampir-Expreß' mit dem verschlüsselten Text. Kein Staatsanwalt erkennt das als Beweis an.«
Damit hatte er recht. Niemand würde ihnen glauben. Wenn sie mit dem, was sie vermuteten, zur Polizei gingen, würde man ihnen garantiert raten, weniger Schundheftchen zu lesen.
Die Lage war ernst. Aber war sie aussichtslos?

Die Nachtwanderung

Nach diesem anstrengenden Tag fiel Fuzzi wie ein Stein ins Bett. Er war eingeschlafen, noch bevor er richtig zugedeckt war.
Heiner dagegen lag noch lange wach. Er lauschte dem Ächzen der alten Bäume, die die Burg umgaben, hörte dem Heulen des Windes zu, wickelte

sich fest in seine Decke ein und murrte griesgrämig vor sich hin, als Fuzzi in seinem wohlverdienten Tiefschlaf anfing, einen mittleren Kiefernwald abzusägen. Heiner preßte die Handflächen gegen die Ohren, zog sich die Decke über den Kopf und dachte, um sich abzulenken, über ein paar unwichtige Dinge aus seinem Leben nach, bis er endlich einschlummerte.
Etwa eine Stunde lang gab er sich, ohne davon zu wissen, alle Mühe, Fuzzi im Holzsägen zu schlagen. Dann wurde sein Atem ruhiger, und sein Geist drang in jene Zonen vor, an die man sich beim Aufwachen meist nicht mehr erinnert.
Mit anderen Worten: Heiner träumte.
Er verließ die Schule im hellen Sonnenschein, doch kaum hatte er sich auf sein Fahrrad geschwungen, um frohen Mutes nach Hause zu radeln, als es mit einem Schlag Nacht wurde.
Die Asphaltstraße, die sich vor ihm ausbreitete, verwandelte sich in einen schmalen Waldweg, über dem die Kronen der Bäume ineinanderwuchsen.
Weiße Nebelschwaden trieben auf ihn zu. Nirgendwo war ein Licht zu sehen. Heiner trat in die Pedale, aber irgendwie fiel ihm das Radeln heute schwerer als sonst. Plötzlich hörte er einen dumpfen Gesang. Aus dem Wald drang unheimliche Orgelmusik. Zwei finstere Gestalten mit schwarzen Umhängen kamen auf ihn zu. Sie trugen spitze Kapuzen und starrten ihn mit rotglühenden Augen an. Krähende Raben saßen auf ihren Schultern. Heiner spürte, wie Panik ihn ergriff.

Bloß weg von hier!
Die finsteren Gestalten traten ihm in den Weg. Heiner hörte sie dämonisch kichern. Als sie ihre knochigen Hände nach ihm ausstreckten, stieß er einen Schrei aus und schaltete in den Super-Duper-Tip-Top-Fluchtgang seines Fahrrades. Aber wie immer, wenn das Böse im Traum nach einem greift, kam er kaum von der Stelle.
Heiner radelte im Zeitlupentempo. Er sprang schweißgebadet ab, ließ das Rad zu Boden fallen und eilte zu Fuß weiter. Aber auch das änderte seine Lage nicht. Seine Füße waren schwer wie Blei und schienen am Boden zu kleben. Die beiden dunklen Gestalten erreichten ihn. Sie streiften ihre Kapuzen ab und starrten ihn an.
Der erste Finsterling hatte das Gesicht Bonifatius von Kyffhäusers, der zweite sah aus wie Homer Lundquist. Sie sagten dumpf und vorwurfsvoll: »Wie konntet ihr uns das nur antun!«
Sie schienen äußerst ungehalten darüber zu sein, daß Felix sie in Fuzzis und Heiners Auftrag in die Wüste geschickt hatte. Heiner überkam mit einemmal ein schlechtes Gewissen, als hätte man ihn beim Äpfel klauen erwischt.
Er wollte etwas zu seiner Rechtfertigung vorbringen, aber seine Stimmbänder versagten ihm den Dienst. Die Worte, die über seine Lippen kamen, klangen wie das Krächzen eines Raben und schienen Homer und Bonifatius noch mehr zu verärgern. Als ihre Hände ihn fast berührten, fuhr Heiner aus dem Schlaf auf und schnappte nach Luft.

»Gerettet!«
Bonifatius und Homer waren weg und auch der Waldweg. Heiner lag im Bett, auf seiner Stirn stand der Schweiß.
Was für ein grauenhafter Traum! Und wie verwirrend! Er atmete schwer. Seine Kehle war so trokken, als hätte er gerade ohne Wasser eine Sahara-Expedition hinter sich gebracht. Zum Glück hatte Fuzzi wenigstens sein Gesäge eingestellt.
Heiner warf einen Blick auf seine Armbanduhr. Es war halb vier. Draußen fing es schon an zu tagen. Der Nebel lichtete sich, und mattgraue Helligkeit strömte durch das Fenster. Er stand leise auf und ging zu seinem Koffer. Da mußte noch eine Reserveflasche Limonade drin sein.
Als er mit traumumflortem Blick am Fenster stand und sich vorstellte, die lauwarme Flüssigkeit wäre eine kühle Köstlichkeit, fiel sein Blick in den Burghof auf drei Männer, die dort beschäftigt waren, was ihm nicht ganz geheuer vorkam. Die Bauarbeiter? Es sah so aus, als schlichen sie geduckt über den Boden und zögen etwas hinter sich her.
Heiner kniff die Augen zusammen und spähte angestrengt hinaus. Tätschelten sie den Boden? Was taten diese Leute da um diese Zeit? Welch irre Beschäftigung! Dann bemerkte er, daß sie eine Art Strick hinter sich herzogen.
Verlegten sie ein Kabel? Warum bedeckten sie es mit Erde?
Fuzzi rührte sich und hob schlaftrunken den Kopf. »Ist was?«

»Schau mal«, flüsterte Heiner und deutete nach unten. »Weißt du, warum die mitten in der Nacht arbeiten?«
»Was?«
Fuzzi schälte sich gähnend aus der Decke und stellte sich neben ihn.
Sein Blick war offenbar schärfer, denn er sagte sofort: »Das ist doch Wolf.«
Heiner rieb sich die Augen. O Schreck! Das waren ja gar nicht die Bauarbeiter. Fuzzi hatte recht.
»Zieh dich an!« Fuzzi fuhr bereits in seine Jeans. »Los, mach schnell!«
Heiner schlüpfte rasch in seine Kleider und folgte ihm verwirrt in den Korridor. Fuzzis Taschenlampe wies ihnen den Weg, so daß sie kein Licht zu machen brauchten.
Sie gingen durch den öden, kalten Raum am Ende des Korridors, gelangten durch das zweite Treppenhaus ins Parterre und drangen in einen kleinen, leeren Raum ein. Er war dunkel und feucht. Von Modergeruch umgeben hockten sie sich hinter ein schmales Fenster und verfolgten aufgeregt, was Wolf und seine Kumpane draußen taten.
Heiner hatte sich nicht geirrt. Sie verlegten wirklich eine Leitung – einen dünnen Draht, den sie dort, wo der Burghof noch nicht neu gepflastert war, in der Erde verbargen. Die Männer zogen ihn durch ein großes Loch in der Burgmauer und verschwanden im dahinterliegenden Wald.
Als sie nicht mehr zu sehen waren, gingen Heiner und Fuzzi in die Nacht hinaus, um nachzusehen,

wo die Leitung ihren Anfang nahm. Nachdem sie ihren ungefähren Verlauf auf dem Boden ausgemacht hatten, verfolgten sie den Draht bis an die Hauswand. Er verschwand in einem alten Rohr, das zum Dach hinaufführte – zur Regenrinne?
Fuzzi untersuchte mit sachkundigem Blick die Fenster, die über ihnen lagen.
»Ich wette, die Strippe endet im Tagungsraum. Das ist bestimmt eine Abhöranlage.«
»Aha!« frotzelte Heiner. »Wie man sieht, ist die moderne Technik auch an den Werwölfen nicht spurlos vorbeigegangen.«
»Haha!« Fuzzi war angesäuert. »Wie ich ihn liebe, deinen goldigen Humor!« Er trat an das Loch in der Mauer und schob den Kopf hindurch. Der Wald begann direkt dahinter und sah, trotz der zunehmenden Helligkeit, wenig einladend aus.
»Auf!« flüsterte Fuzzi. »Jetzt oder nie!«
Sie stiegen durch das Loch ins Freie und folgten dem Draht. Wolf und die Seinen hatten sich nicht die Mühe gemacht, diesen hier draußen ebenfalls zu tarnen. Ein paar Meter weiter machte er einen Knick, lief an einer Tanne hoch und verschwand im Geäst.
»Was soll das nun wieder bedeuten?« fragte Fuzzi.
»Wahrscheinlich ist es eine Antenne«, sagte Heiner. »Von hier aus geht die Verbindung drahtlos weiter. Die Mauern sind vielleicht zu dick und lassen keine deutlichen Funkwellen durch.«
Sie folgten den Spuren, die die Männer hinterlassen hatten, und schlugen sich tapfer durchs Dik-

kicht. Dornenbüsche zerkratzten ihre Hände. Biegsame Zweige peitschten ihnen ins Gesicht. Um nicht entdeckt zu werden, gingen sie schließlich in die Knie und schlichen im Entengang weiter, was auch nicht gerade bequem war.
Nach etwa fünf Minuten hielt Fuzzi, der den Fährtensucher spielte, inne.
»Was ist?« flüsterte Heiner. »Siehst du was?«
»Pssst!« machte Fuzzi. »Komm her, aber halt den Kopf unten.«
Er legte sich flach auf den Bauch. Heiner kroch neben ihn und sah sich um.
Vor ihnen breitete sich eine kleine Lichtung aus. Dahinter lag ein Waldweg. Zehn Meter entfernt stand der Kastenwagen, den sie auf dem Parkplatz des Waldsee-Hotels gesehen hatten. Auf dem Waldweg stand ein dunkler Pkw. Die Komplizen von Dr. Wolf waren gerade damit beschäftigt, zwei prall gefüllte Plastiktüten aus dem Kofferraum des Pkw zu hieven. Einer der Männer sah dem angeblichen Psychiater so ähnlich, daß er nur sein Bruder sein konnte. Der dritte war der Mann, der Wolf vor dem Hotel getroffen hatte.
Die Männer luden die Tüten in den hinteren Teil des Kastenwagens. Heiner erkannte die Reklame einer bekannten Lebensmittelladenkette.
»Proviant?« hauchte er leise.
Fuzzi grunzte zustimmend. »Sie scheinen sich auf eine längere Lauschzeit einzurichten.«
Wolf stand an der Wagentür und nahm die Tüten in Empfang. Er schien bester Laune zu sein und riß

mit seinen Kumpanen Witze. Als alles umgeladen war, kletterte der Mann, der wie sein Bruder aussah, ins Innere des Kastenwagens.
Er nahm auf einem Klappstuhl Platz und fummelte an etwas herum, das nicht zu erkennen war. Wahrscheinlich handelte es sich dabei um das Empfangsgerät. Dann setzte er einen Kopfhörer auf und schnippte zufrieden mit den Fingern. Er nahm den Kopfhörer ab und schien Wolf etwas zu erklären. Wolf nickte. Sein Bruder stieg aus dem Wagen und gesellte sich zu dem dritten Mann, der im Pkw wartete. Wolf drückte den beiden die Hand, und sie fuhren über den Waldweg in Richtung Waldsee-Hotel davon.
»Siehst du's jetzt ein?« fragte Heiner leise. »Die haben wirklich eine Abhöranlage installiert.« Ihm war auch gleich klar, um was es hier ging. »Das kann nur eins bedeuten: Spionage.«
»Zugegeben, aussehen tut's so«, murmelte Fuzzi. »Aber beim heutigen Stand der Technik . . .« Er brummte etwas vor sich hin, das wie »Wanzen« und »Richtmikrofon« klang, aber Heiner verstand ihn nicht, weil er in Sachen Technik eine echte Null war. »Das ist die primitivste Abhöranlage, die ich je gesehen habe«, erklärte Fuzzi leise.
»Und wo hast du die anderen gesehen?« raunte Heiner zurück.
»Na wo schon, im Kino«, antwortete Fuzzi.
Heiner stöhnte innerlich auf, sagte aber nichts. Zum Glück wußte er, daß Fuzzi auch ein ausgesprochener Science-fiction-Fan war – und in utopi-

schen Filmen sah die Elektronik natürlich immer anders aus als im wirklichen Leben.
»Wahrscheinlich hat Wolf nicht mehr Ahnung von der Technik als ich«, meinte er. Und nach einer Weile fügte er hinzu: »Allmählich frage ich mich, wer die Guten und wer die Bösen sind.«
»Die Bösen sind immer die, die andere belauschen«, erklärte Fuzzi.
»Ach! Und was tun wir hier?«
»Nun ja«, sagte Fuzzi verlegen, »vielleicht stimmt das nicht immer.«
»Was ist, wenn Wolf und seine Männer Polizisten sind, die spitzgekriegt haben, daß J. S. hinter Wahnfrieds Schatz her ist?«
Fuzzi kicherte. »Und damit man sie nicht für Polizisten hält, treten sie als Werwölfe auf, was?«
Heiner konnte nicht verhindern, daß er rot wurde, aber zum Glück sah Fuzzi gerade nicht her. »Dann sind es vielleicht Geheimagenten, die erfahren haben, daß auf der Burg ein Treffen fremder Spione stattfindet.«
»Klingt schon logischer«, meinte Fuzzi. »Agenten müssen sich manchmal tarnen.«
Dr. Wolf stieg aus dem hinteren Teil des Kastenwagens, ging ins Fahrerhaus und steckte sich ein Pfeifchen an. Wahrscheinlich hatte er die erste Schicht, und seine Kollegen schliefen sich nach der schwierigen Nachtarbeit erst einmal aus. Er nahm den Tabaksbeutel, ging in den hinteren Teil des Wagens zurück und zog die Tür hinter sich zu.
»Was jetzt?« fragte Fuzzi.

Heiner faßte den Beschluß, das Kommando zu übernehmen. Wenn sie es nicht mit Wesen aus dem Gruselkabinett zu tun hatten, sondern mit Spionen und Geheimagenten, war er der Experte, nicht Fuzzi. Heiner hatte nämlich alle James-Bond-Filme gesehen und kannte sich daher in der Welt der Spione bestens aus.
Das Allerwichtigste für einen Agenten war, daß er wie ein solcher auftreten konnte: Agenten mußten pro Tag zwei Flaschen unverdünnten Whisky und siebzig Zigaretten konsumieren, gepflegte Tischmanieren haben und jede Weinsorte am Geruch des Flaschenkorkens erkennen. Außerdem mußten sie Pokern, Auto fahren, Fliegen, Tauchen, Reiten und Tanzen können.
Tanzen war besonders wichtig, weil die abgrundtief bösen Lumpen stets bildhübsche Assistentinnen hatten. Und wenn der Geheimagent der Assistentin eines Bösewichts mit seinen Tanzkünsten den Kopf verdreht hatte, schlug sie sich auf seine Seite und half ihm aus der Patsche.
»Die Hauptfrage«, sagte Heiner verträumt, »lautet: Wer ist Wolfs Assistentin? Und wo kann ich sie wohl finden?«
»Was?« Fuzzi starrte ihn an, als hätte er den Verstand verloren. Er packte Heiner am Ärmel und zog ihn hoch. »Ich mache ein paar Aufnahmen. Und wir brauchen die Autonummer.«
Er schlich auf leisen Sohlen um das Fahrzeug herum und knipste. Heiner war der Meinung, daß die Autonummer sie nicht weiterbringe, weil Spio-

ne stets unter falschem Namen auftraten, aber man konnte ja nie wissen: Vielleicht hatte Wolfs bildhübsche Assistentin den Wagen gemietet. Dann würde sich der Autoverleiher an sie erinnern.
Heiner drückte sich gerade die Nase an der Seitenscheibe des Wagens platt, als er einen gedämpften Schreckensschrei vernahm. Im ersten Moment glaubte er, Wolfs Komplizen wären überraschend zurückgekehrt und hätten Fuzzi geschnappt. Doch dann merkte er, daß der Schrei aus dem Wageninneren gekommen war. Er zuckte zusammen und schrie ebenfalls auf, denn durch die Scheibe blickte ihn das abscheulich behaarte Gesicht eines Werwolfs an, dessen Augen nicht weniger schreckgeweitet waren als seine eigenen.
»Fu-Fu!« schrie Heiner entsetzt. »Fu-Fu-Fu!«
Der Werwolf trug einen grünen Parka. Jetzt riß er die Tür auf und sprang ins Freie.
Fuzzi sah ihn auch. Er ließ einen Aufschrei los und warf wie verrückt mit Knoblauchzehen um sich, doch der Werwolf reagierte nicht darauf. Er packte statt dessen die Schultern des schreckensstarren Heiner und rief: »Wa-Wa-Wa!« Es hörte sich wie ein Bellen an.
»Kusch!« schrie Fuzzi, als hätte er es tatsächlich mit einem Hund zu tun. »Kusch! Kusch!«
Heiner spürte, wie ihn ein heftiger Schwindel erfaßte. Da ließ der Werwolf ihn los und griff sich mit beiden Händen an den Kopf.
Ratsch! Seine Finger verkrallten sich in die spitzen Ohren. Der Werwolf nahm die Maske ab. Sie

schien aus hauchdünnem Gummi zu bestehen. Darunter kam das Gesicht von Dr. Wolf zum Vorschein.
»Meine Güte!« Heiner ächzte mit rasend klopfendem Herzen. »Ich hätte fast einen Herzschlag bekommen.«
»Und ich erst!« Dr. Wolf schnappte nach Luft. In seiner Stimme schwang ein leichter Tadel mit. »Was schleicht ihr denn frühmorgens hier im Wald herum?«
»Wir wollen Rehe fotografieren«, sagte der geistesgegenwärtige Fuzzi und deutete auf seine Kamera. »Das kann man nur, solange die menschliche Welt noch nicht erwacht ist.«
Er warf einen neugierigen Blick auf die Gummimaske. Sie sah greulich aus.
Wolf grinste verlegen und ließ die Maske sinken.
»Und w-w-was machen Sie hier?« fragte Heiner, dem die Knie noch immer zitterten. »Wollen Sie auch Rehe fotografieren?«
Der angebliche Dr. Wolf wirkte leicht irritiert. Rasch wollte er die Maske in die Tasche seines Parkas stopfen, aber es gelang ihm nicht, weil er sie in der Aufregung nicht fand. Dann breitete sich das typische Lächeln eines Menschen auf seinem Gesicht aus, dem gerade eine vermeintlich listige Ausrede eingefallen ist. »Nein«, erwiderte er kopfschüttelnd, »ich bin Ornithologe.«
»Vogelforscher?« fragte Fuzzi.
»Genau«, bestätigte Dr. Wolf – etwas zu eilig, wie Heiner fand. »Ich belausche unsere gefiederten

Freunde in freier Natur und nehme ihre, äh, Stimmen auf.«
»Und mit der Gruselmaske verscheuchen Sie die Geier?« Fuzzi deutete auf die haarige Maske in seiner Hand. »Wenn sie die Nester der Häher ausrauben wollen.«
»Wie?« Dr. Wolf schien nicht zu verstehen. Ironie war wohl nicht seine Stärke. »Ach so!« Er hob die Maske hoch. »Schön gruselig, was?«
Als er den fragenden Blick der beiden Jungen sah, spürte er, daß sie auf eine Antwort warteten. Seine Miene hellte sich auf, und er sagte nach einem etwas zu lauten Lachen: »Ich hab' mir die Maske für den Karneval gekauft. Isch bin nämlisch 'ne echt Kölsche Jung.«
»Ach so!« riefen Heiner und Fuzzi gleichzeitig, ohne ihm freilich ein Wort zu glauben. Der Bursche log ja, wenn er den Mund aufmachte.
»Ja«, fuhr Dr. Wolf fröhlich nickend fort. »Ich habe sie nur mal ausprobiert, um meine Assistenten zu foppen, wenn sie kommen. Wir arbeiten nämlich im Team.«
»Sehr witzig«, sagte Fuzzi. Sie lachten sich eins, denn es war wohl am besten, wenn dieser verdächtige Bursche, der dort als Psychiater und hier als Ornithologe auftrat, sie auch weiterhin für zwei naive Bübchen hielt, die sich nur für Rehe interessierten. Heiner kam sich wie ein echter Geheimagent vor. Ihre Tarnung war wirklich gerissen.
Die wenigsten Agenten hatten die Chance, sich als Vierzehnjährige zu tarnen, die so tun, als

würden sie Rehe fotografieren. James Bond hätte an ihrer Stelle bestimmt größere Schwierigkeiten bekommen.
Sie wechselten noch ein paar Worte über das unsommerliche Wetter, dann verabschiedeten sie sich und gingen über den Waldweg zurück, damit der angebliche Vogelforscher nicht auf die Idee kam, sie hätten ihm etwas vorgeflunkert.
Hinter der nächsten Wegbiegung lachte Heiner. »Ein Vogelforscher! Das muß man sich mal vorstellen.«
»Natürlich hat er uns angeschwindelt«, erwiderte Fuzzi. »Hast du gesehen, wie er überlegen mußte, bis ihm die Ausrede mit der Karnevalsmaske eingefallen ist?«
»Er glaubt wohl, er wäre mit allen Wassern gewaschen«, sagte Heiner. »Aber uns legt er garantiert nicht rein.«
Fuzzi wurde auf einmal von einem heftigen Gähnanfall gepackt, und ihm fiel ein, wie wenig sie heute nacht geschlafen hatten. »Jetzt aber zurück ins Bett!« befahl er. »Und wenn wir ausgeschlafen haben, wird ein Schlachtplan entworfen, der sich gewaschen hat.«
Da sie einen großen Umweg machen mußten, um wieder zur Burg zu kommen, dauerte es eine Stunde, bis sie wieder in ihrem Zimmer waren und zu Bett gehen konnten.
Fuzzi lag kaum unter der Decke, als er seine unterbrochene Arbeit wieder aufnahm und weiter an seinem Wald sägte.

Heiner hingegen fand sich in der Fortsetzung seines Alptraums wieder.
Er rannte, von dumpfem Gekicher und dämonischem Geraune verfolgt, im Zeitlupentempo durch den dunklen Wald, während Homer Lundquist und Bonifatius von Kyffhäuser ihm wutschnaubend auf den Fersen waren.

In dunklen Grüften

Als sie aufstanden, war Mittag schon vorbei, aber sie fühlten sich trotzdem so, als hätten sie auf dem blanken Erdboden geschlafen.
Heiner und Fuzzi stiefelten beduselt in die Burgschenke, wo die gute Frau Knautsch ihnen ihre weithin gerühmte Gemüsesuppe »Quer durch den Garten« servierte.
Fuzzi sah blaß aus, fand Heiner. Als er ihn darauf aufmerksam machte, erwiderte Fuzzi: »Das wollte ich dir auch gerade sagen.«
Nach dem Essen erzählte Heiner Fuzzi seinen Traum. Auch bei Fuzzi regte sich nun das Gewissen, und sie fragten sich, ob es nicht falsch gewesen war, ihre Väter dermaßen hinters Licht zu führen. Nachdem sie zu der Überzeugung gekommen waren, daß sie wirklich einen Fehler gemacht hatten, kreuzten Marie-Antoinette und Felix auf und teilten ihnen frohgemut mit, daß der Plan ein voller Erfolg geworden war. Felix hatte die Telefonate geführt. Seine Opfer hatten wie erwartet mit Stolz

auf seine Botschaft reagiert und versprochen, dem Ruf nach Wien und Stockholm zu folgen.
»Auweia!« Heiner faßte sich an den Kopf.
»Oh, my!« sagte Fuzzi, um dezent seine Englischkenntnisse zu demonstrieren.
Ihnen wurde immer mulmiger, zumal sie an die Kosten dachten, die sie ihren Vätern aufgebürdet hatten. Und – würden sich die Armen nicht lächerlich machen, wenn sie dort antrabten, wo Felix sie hinbestellt hatte?
»Jetzt ist es zu spät«, sagte Felix. »Sie sind bestimmt längst unterwegs.«
»Laßt uns das Beste daraus machen«, meinte Heiner mit gesenktem Kopf. »Wir müssen da durch. Wir haben die Sache angestiftet, nun müssen wir sie auch heldenhaft zu Ende bringen.«
Er grinste plötzlich. »Außerdem fällt mir ein, daß mein Vater einen guten Jux sehr wohl zu schätzen weiß. Jedenfalls kenne ich eine Menge Geschichten aus seiner Schulzeit, als er mit seinem Kumpan Eumel . . .«
»Hör bloß auf!« sagte Fuzzi. »Ich fühle mich entsetzlich. Mein Herr Vater hat für Scherze leider überhaupt keine Antenne. Ich glaube, er ist schon als Schulrat zur Welt gekommen.«
Kurz darauf erzählten sie Linda, was sie in der vergangenen Nacht beobachtet und erlebt hatten.
Linda konnte es kaum glauben.
»Eine Abhörleitung?« Sie riß überrascht die Augen auf. »Das ist ja ein Ding!«
Heiner und Fuzzi zeigten sie ihr unauffällig.

»Glaubt ihr nicht, daß das ein Grund ist, die Polizei zu verständigen?« fragte sie. »Das sieht ja wirklich nach Spionage aus.«
»Und wenn Wolf selbst von der Polizei ist?« fragte Heiner zweifelnd. »Er mag zwar kein besonders gerissener Polizist sein, so trottelig wie er lügt, aber vielleicht stören wir dann seine Ermittlungen.«
Das schien Linda zu überzeugen. »Aber wir sollten Onkel Ludwig Bescheid geben«, schlug sie vor.
»Lieber nicht«, warf Fuzzi eilig ein. »Je weniger Leute erfahren, daß hier etwas läuft, desto besser.« Er zog die Schultern hoch. »Wer weiß, wie gut die Nerven deines Onkels sind. Wenn er zuviel weiß, könnte es sein, daß er sich so auffällig verhält, daß er die Vampire, ähm, ich meine, die J.-S.-Bande mißtrauisch macht. Dann geht sie vielleicht stiften, und die Polizei hat das Nachsehen.«
Linda nickte. »Vorausgesetzt, daß Wolf und seine Leute Polizisten sind.«
Sie beschlossen, strengstes Stillschweigen über ihre Erkenntnisse zu wahren und sich darauf zu konzentrieren, mehr über J. S. und seine Leute herauszubekommen.
Während sie noch beratschlagten, ertönte eine Autohupe, und kurz darauf fuhr ein schwarzer Wagen auf den Burghof. Ihm entstiegen drei Herren, die sich äußerlich nicht von Jochen Schocker und seinen Komplizen unterschieden. Sie schauten alle recht verdrossen drein, als sie in die Burgschenke gingen und sich in der Gaststube umsahen. Frau Knautsch nahm sie in Empfang und händigte

ihnen die Zimmerschlüssel aus. Als Felix sich anbot, die Koffer der Gäste hinaufzutragen, lehnten sie ab. Marie-Antoinette, die wie ein Zimmermädchen gekleidet war und ein weißes Häubchen auf dem Kopf trug, begleitete die neuen Gäste nach oben. Im Hinausgehen fragten sie nach Jochen Schocker. Frau Knautsch erklärte ihnen, er sei mit den anderen Herren zu einem kleinen Verdauungsspaziergang unterwegs.
Das brachte Fuzzi auf eine Idee.
»Was haltet ihr davon«, fragte er Heiner und Linda hinter vorgehaltener Hand, »wenn wir uns sein Zimmer mal genauer ansehen?«
Heiner riß die Augen auf.
Linda protestierte. »Willst du etwa bei ihm einbrechen? Das geht zu weit. Wenn das jemand bemerkt, ist unser guter Name ruiniert.«
Fuzzi schwieg. Er wirkte beschämt. Als Linda gleich darauf von Frau Knautsch gerufen wurde, weil sie in der Küche helfen sollte, sagte er zu Heiner: »Pah, einbrechen nennt man das nur dann, wenn jemand etwas stehlen will. Ich will lediglich detektivische Ermittlungen betreiben.« Er sah Heiner an. »Was meinst du dazu?«
Heiner schluckte, als Fuzzi in der leeren Gaststube einen Satz hinter die Theke machte und im Gästebuch nach Schockers Zimmernummer suchte.
Als Heiner sie erfuhr, wurde ihm noch mulmiger, denn der Obervampir wohnte direkt neben ihnen. Sie schlichen sich hinauf und lauschten mit gespitzten Ohren. Alles war ruhig.

Als sie sich dem fraglichen Zimmer näherten, ging die gegenüberliegende Tür auf, und die drei Neuankömmlinge traten heraus.
Fuzzi und Heiner machten eine rasche Kehrtwendung, pfiffen ein unverdächtiges Lied und fummelten konzentriert am Schloß ihrer eigenen Zimmertür herum. Das Trio ging an ihnen vorbei, und Heiner hörte einen der Männer sagen: »Ich könnte schwören, daß es Leo Wolf war, der vor dem Waldsee-Hotel stand.«
Ein anderer sagte: »Quatsch! Der ist doch gar nicht mehr in der Branche aktiv. Der hat sich längst zur Ruhe gesetzt, nachdem er 1986 den großen Coup bei . . . gelandet hat.«
Leider verstanden weder Heiner noch Fuzzi den Namen, den der Mann erwähnte. Der Rest des Gesprächs verlor sich im Hausflur in einem dumpfen Gemurmel.
»Sie kennen Wolf also«, knurrte Fuzzi. »Und sie haben seinen Bruder gesehen.«
»Was könnte das für ein Coup gewesen sein, nach dem Leo Wolf sich zur Ruhe gesetzt hat?«
»Wahrscheinlich«, vermutete Fuzzi, »hat er einen dicken Safe geknackt, der ihm viel Geld eingebracht hat. Es könnte ja sein, daß er den Ruhestand verlassen hat, um seinem Bruder zu helfen.«
»Mein lieber Freund«, Heiner massierte nachdenklich sein Kinn, »weißt du, was du da sagst? Wenn das stimmt, ist unsere Theorie keinen Schuß Pulver wert. Polizisten knacken doch keine Safes und setzen sich dann zur Ruhe.«

»Verflixt!« sagte Fuzzi. »Du hast recht. Aber vielleicht hat das Wort Coup auch noch eine andere Bedeutung. Vielleicht hat Leo Wolf einen dicken kriminellen Fisch gefangen und ist dann in Pension gegangen.«
»Dafür ist er zu jung«, sagte Heiner. »Der ist doch noch keine dreißig.«
Auf diesen Schreck hin gingen sie in ihr Zimmer und dachten nach.
Der Plan, in Schockers Zimmer einzudringen, war vorerst vergessen. Wenn Wolf und seine Leute die Bösen waren, konnten J. S. und die anderen nur die Guten sein.
»Ist das eine vertrackte Situation!« Fuzzi stöhnte und ballte die Hände. »Jetzt weiß ich überhaupt nicht mehr, was ich glauben soll.«
Heiner wollte gerade den Vorschlag machen, alle Fakten noch einmal zusammenzufassen, als jemand an die Tür klopfte. Es war Marie-Antoinette. Sie trug einen Stapel frischer Handtücher, und obenauf lag ein dicker Schlüsselbund.
»Könnt ihr mir mal helfen, die Tür von Nummer hundertzwei aufzumachen? Ich glaube, das Schloß klemmt.«
Fuzzi sprang so schnell auf, daß Marie-Antoinette einen überraschten Ausruf tat, denn diese Hilfsbereitschaft war in der Tat ungewöhnlich.
Heiner jubilierte innerlich. Eine bessere Gelegenheit, Schockers Zimmer auszuforschen, ohne mit dem Gesetz in Konflikt zu kommen, würde sich so schnell bestimmt nicht wieder bieten.

Zu seinem Erstaunen gelang es weder Fuzzi noch ihm, die Tür zu öffnen. Erst dann fiel Marie-Antoinette auf, daß sie alle drei den Schlüssel von Zimmer zweihundertzwei benutzt hatten.
Fuzzi nahm den richtigen. Es klappte. Die Tür ging lautlos auf. Als Marie-Antoinette die Handtücher auf die Stange neben dem Waschbecken hängte, glitten Heiner und Fuzzi wie zwei Schatten hinter ihr ins Zimmer und sahen sich schnell um.
Schockers Koffer war geschlossen. Auf dem Nachtschränkchen lagen eine Schachtel Zigaretten, ein Päckchen Streichhölzer, ein Notizbuch und ein Bleistift. Auf dem Bett erspähten sie zwei dicke Bücher mit sehr aufschlußreichen Titeln: »Versteckte Kunstschätze des fünfzehnten Jahrhunderts« und »Alte Burgen und ihre geheimen Schätze«.
Oho! dachte Heiner. Er sah, wie Fuzzi aufgeregt schluckte.
»Jetzt aber raus mit euch!« Marie-Antoinette schob sie energisch auf den Korridor. »In den Zimmern der Gäste hat nur das Personal etwas zu suchen. Und das auch nur dann, wenn ein Grund dafür vorliegt.«
»Hab dich nicht so«, sagte Fuzzi schmollend, doch dann kehrten sie in ihr Zimmer zurück.
Nachdem sie eine Weile schweigend dagesessen hatten, meinte er kleinlaut: »Jetzt wird mir langsam alles klar. Meine Vampirtheorie war wirklich nicht gut. Das sind absolut weltliche Dunkelmänner.« Er seufzte traurig. »Da werde ich meinen Preis doch nicht bekommen.«

Auch Heiner seufzte. Er fragte sich, was nun aus seiner tollen »Kracher«-Story werden sollte. Wenn Kalle Kraushaar und die anderen aus den Ferien zurückkamen, mußte er ihnen den Hammer des Jahres servieren, sonst würden sie ihn für ein Großmaul halten. Doch alles, was er ihnen anbieten konnte, war – ja, was denn überhaupt?

Lindas Vermutung schien zu stimmen: Hier gab es wenigstens eine, wenn nicht gar zwei Banden, die sich für das gleiche interessierten.

»Wolf nimmt wahrscheinlich an, daß J. S. mehr weiß als er. Deswegen will er die sogenannte Tagung belauschen.«

»Die Bücher in Schockers Zimmer sagen alles«, stimmte Fuzzi ihm zu. »Der Mann weiß, wonach er sucht. Er muß ein Profi sein. Wahrscheinlich ist er ein internationaler Großgangster.«

»Und wie gerissen er vorgegangen ist«, sagte Heiner. »Damit niemand mißtrauisch wird, wenn sich sieben Herren gleichzeitig hier einmieten, tarnt er seine Bande als Dichterseminar.«

»Das beweist seine niederträchtige Schlauheit«, pflichtete Fuzzi ihm bei.

»Fuzzi«, sagte Heiner zögernd, »glaubst du nicht, daß diese Geschichte eine Nummer zu groß für uns ist? Was tun wir, wenn die Bande bemerkt, daß wir ein Auge auf sie haben? Die sind doch bestimmt bewaffnet.«

»Pah!« wehrte Fuzzi ab. »Wie sollen sie darauf kommen, daß wir Bescheid über sie wissen?« Er nahm seine Kamera. »Du vergißt wohl, daß wir die

Burgfotografen sind und überall herumstöbern dürfen.« Er tätschelte den Apparat. »Ich schlage vor, daß wir jetzt genau das tun. Denn eins sage ich dir: Bevor diese Lumpen Ritter Wahnfrieds Schatz finden, finden wir ihn. Das sind wir Linda schuldig, nachdem wir uns mit der Vampirgeschichte so blamiert haben.«
Heiner bemühte sich, Fuzzi nicht zu zeigen, wie sehr es ihn wurmte, daß er nicht als erster auf diese Idee gekommen war. Immerhin war Linda seine zukünftige Frau, und nicht die seines Freundes. »Genau!« rief er leidenschaftlich aus und schlug auf den Tisch. »Wir werden ihnen einfach zuvorkommen.«
»Und außerdem«, fügte Fuzzi hinzu, »brauchen wir dringend Porträts von allen Mitgliedern der Vampirbande.«
»Hehe!« Heiner lachte. »Selbst wenn es ihnen gelingen sollte, den Schatz vor uns zu finden – einen Tag später hängen überall ihre Steckbriefe aus.«
Welch genialer Plan! Sie waren Feuer und Flamme. Als sie wieder auf dem Burghof waren, um nach J. S. und seinen angeblichen Dichtern zu suchen, waren diese nirgendwo zu erblicken. Da brach unerklärlicherweise die Sonne durch die Wolken, und sie mußten ihre Anoraks ausziehen. Es wurde warm, und alles deutete darauf hin, daß der Sommer nun im Anmarsch war.
Felix, der für die gute Stimmung der Bauarbeiter auf dem Hof sorgte, indem er ihnen ein Tablett mit Bier brachte, stieß plötzlich einen lauten Schrei aus

und vollführte eine Art Salto. Sein Tablett flog in hohem Bogen gegen die aufgestapelten Dachpfannen. Die Gläser zersprangen, der kalte Gerstensaft spritzte. Die Bauarbeiter eilten entsetzt herbei. Als Heiner und Fuzzi zur Stelle waren, erkannten sie den Grund des Sturzes: Felix war über die Leitung gestolpert, die Dr. Wolf und seine Leute in der Nacht gelegt hatten.
Felix machte seinem Unmut über die herrenlos herumliegenden Drähte lauthals Luft, worauf einer der Arbeiter die Leitung mit einer großen Zange kurzerhand kappte. Lindas Onkel kam um die Ecke, sah die Bescherung und eilte ins Haus, um neue Getränke zu holen – denn die Bauarbeiter waren beim Anblick des im Erdboden versickernden Bieres doch recht verstimmt.
Baron Ludwig kam auf Fuzzi und Heiner zu, überreichte ihnen zwei große Stablampen und bat sie, auch die alten Stallungen und die darunter befindlichen Grüfte auf Film zu bannen. »Aber bekommt keinen Schreck, dort unten sieht es aus wie im Gruselfilm, wenn nicht noch schlimmer.«
Er hatte nicht übertrieben. Die letzten fünf Generationen seiner Familie hatten die Stallgrüfte offenbar als private Müllkippe verwendet. Verständlich, daß der Baron daran interessiert war zu erfahren, wie viele Müllcontainer er bestellen mußte, um diese Räumlichkeiten zu leeren.
Heiner und Fuzzi stiegen eine schiefgetretene Treppe hinab und stießen auf ein paar Hühner, die Frau Knautsch wegen der Frühstückseier hielt. Sie schie-

nen sich verlaufen zu haben und stoben gackernd nach oben, als die Jungen auftauchten. Unten angekommen stießen Heiner und Fuzzi auf herumliegende Hufeisen, vom Zahn der Zeit angenagte Pferdegeschirre und auf rostige Milchkannen.
In kleinen Räumen fanden sie aus dem Leim gegangene Möbel, eine alte Nähmaschine, von der Feuchtigkeit aufgequollene Truhen, vollgepackt mit alten Lumpen, Riesenstapel alter Fernsehzeitungen und Illustrierten aus den fünfziger und sechziger Jahren, jede Menge zersprungenes Porzellan, zerbrochene Wagenräder, einen Brennholzstapel, der vielleicht sogar ausreichte, um die Burgschenke für die nächsten zwei Jahre zu heizen, Kommoden, die so schief waren, daß die Schubladen sich verklemmt hatten, löchrige Eimer, eine alte Zinkbadewanne, mehrere Wagenladungen Pflastersteine, die wohl dazu hatten dienen sollen, den Burghof auszubessern, einen Schrank voller schmutziger Einmachgläser, eine antike hölzerne Wiege und ein Butterfaß.
Die Menge des angesammelten Gerümpels bewies, daß der letzte Burgherr entweder ein Geizhals oder ein besonders sparsamer Mensch gewesen war: Er hatte es offenbar nie übers Herz gebracht, sich von etwas zu trennen, das er käuflich erworben hatte.
Heiner und Fuzzi kamen sich vor wie zwei Entdeckungsreisende, und in gewisser Hinsicht waren sie es auch: Sie machten eine Reise durch den Sperrmüll mehrerer Jahrzehnte. Hinter den Rumpelkammern bahnten sie eine Gasse durch einen fin-

steren Keller, in dem es entsetzlich nach Kohlenstaub roch. Sie stießen auf einen vergitterten Raum, der große Ähnlichkeit mit einer alten Folterkammer hatte, und drückten sich durch einen Gang, der so eng war, daß sie nur hintereinander gehen konnten.

Der Gang war an einer Reihe alter Weinfässer zu Ende. Obwohl sie leer waren, verströmten sie immer noch einen durchdringenden Geruch.

»Uff!« Heiner hielt sich die Nase zu. »Das stinkt ja entsetzlich! Ich glaube, ich muß dringend an die frische Luft.«

»Tja, scheint eine Sackgasse zu sein«, sagte Fuzzi, der vor ihm stand. »Hier kommen wir nicht weiter.« Der Strahl seiner Taschenlampe wanderte über die alten Fässer hinweg.

Heiners Blick folgte dem Licht. »He, warte mal! Ist das nicht eine Tür?«

Fuzzi hob erneut die Lampe.

Tatsächlich. Hinter den Fässern ragte etwas empor, das wie eine Holzwand aussah – und dort, rechts an der Seite, war ein großer, rostiger Eisenring zu erkennen.

»Laß uns weitergehen.« Heiner drängte sich an seinem Freund vorbei.

Fuzzi fügte sich mit einem ergebenen Seufzer Heiners Neugier. Sie kletterten über die alten Weinfässer hinweg und fanden dahinter genau so viel Platz, um notdürftig stehen zu können.

Mit vereinten Kräften und viel Gekeuche gelang es ihnen, die verklemmte Tür so weit aufzudrücken,

daß sie genug Platz hatten, um sich in den Raum zu zwängen.
Heiner blinzelte verwirrt. Der Raum war groß, größer, als er erwartet hatte. Doch er schien leer zu sein. Die Strahlen ihrer Taschenlampen wanderten über kahle Wände.
Fuzzi räusperte sich. Seine Stimme klang hohl. Offenbar war der Raum wirklich leer.
In der Tat: Er unterschied sich total von denen, die sie bisher untersucht hatten. Dann, als Fuzzis Licht nach unten wies, sahen sie ein oder zwei Dutzend alter Truhen.
Sie standen auf hölzernen Paletten in der Mitte des Raumes und sahen schwer aus.
Heiner glaubte, eiserne Beschläge und dicke Schlösser zu erkennen. Wie auf Kommando schnalzten beide mit der Zunge.
»Weißt du, was ich denke?« fragte Fuzzi aufgeregt.
»Dasselbe wie ich«, erwiderte Heiner. »Das ist bestimmt die Schatzkammer, von der Linda uns erzählt hat.«
Er spürte, wie ihn das Jagdfieber packte. »Los, sehen wir uns mal die Truhen an.«
Im Licht der Lampen traten sie näher. Ihre Herzen klopften im Takt. War das aufregend! Heiner träumte von Perlen, Gold und Juwelen, doch als er endlich eine Truhe fand, deren Schloß schon so durchgerostet war, daß es abfiel, als er es nur scharf ansah, war er sich seiner Sache nicht mehr so sicher. Das war zu einfach.
Gespannt hob er den Deckel an.

»Ah!« Fuzzi rechnete damit, von Glanz und Gloria geblendet zu werden.
Fehlanzeige.
»Bücher!« brachte Heiner heraus. »Eine ganze Bibliothek.«
»Was? Hier im Keller? – Quatsch! Das Gold ist bestimmt unter den Büchern versteckt.« Fuzzi fing wie ein Wilder an, die Truhe auszupacken, und wurde immer aufgeregter.
Mit jedem Buch, das er in die Hand nahm, stieg eine Staubwolke auf, so daß sie beide niesen und husten mußten. Als die Truhe endlich leer war und ihre Taschenlampen den Boden ausleuchteten, war die Enttäuschung groß.
»So ein Pech!« Fuzzi schimpfte. »Und dafür habe ich mich schmutzig gemacht wie ein Ferkel.«
»Es sind wirklich nur Bücher.« Heiner seufzte. Er nahm einen dicken Wälzer in die Hand.
»Puh!« Der Band strömte einen abscheulichen Modergeruch aus und fühlte sich feucht an. »Die erschröckliche Mär vom tapferen Ritter Roland und dem Riesen Knurr, der Menschleyn fraß«, buchstabierte er. Er hatte erhebliche Schwierigkeiten, die alte Schrift zu entziffern. Das nächste Buch hieß »Der schwarze Mann mit dem Dolch und der Laterne« und stammte aus der Feder eines gewissen Hinz von Kunz.
Heiner schüttelte den Kopf und lachte. »Sag, Fuzzi, hast du je so 'n Blödsinn gehört?«
Auch Fuzzi konnte sich ein Kichern nicht verkneifen. »Offenbar hat es auch schon früher jede Men-

ge Schundromane gegeben. Und mein Herr Vater ist fest davon überzeugt, sie wären eine Erfindung des zwanzigsten Jahrhunderts.«
Sie warfen die Bücher wieder in die Kiste zurück. »Na, das ist ja vielleicht ein Dreck! – Komm, hier vergeuden wir nur unsere Zeit.«
Sie machten mit Blitzlicht noch ein paar Fotos, gingen auf den Hof hinaus und unternahmen eine kurze Rundreise durch den besser erhaltenen Teil der Burg. Diesmal gelangten sie sogar in Bereiche, in denen sie Gustav und seinen Trupp fanden: Sie renovierten gerade den Stuck der Fürstensuite und posierten stolz für ein paar Aufnahmen.
Im Tagungsraum gab es keine Möglichkeit, sich zu verstecken, das wurde ihnen nach einer erneuten Besichtigung schnell klar.
Sie konnten J. S. und seine Leute nur von der Tür aus ins Visier nehmen, durch die sie den Saal zum erstenmal betreten hatten. Die Tafel war nicht weit von der Tür entfernt, und wenn sie die Ohren aufsperrten, hatten sie vielleicht Glück.
Am Nachmittag kehrten J. S. und seine Bande von ihrem Ausflug zurück. Nachdem sie in der Burgschenke zu Abend gegessen hatten, gingen sie im Gänsemarsch zum Tagungsraum hinauf.
Heiner und Fuzzi versuchten Linda aufzuspüren. Vielleicht wußte sie eine Möglichkeit, die Bande zu belauschen. Doch Linda schien der Erdboden verschluckt zu haben, und weil sie keine dummen Fragen beantworten wollten, unterließen sie es, weitere Nachforschungen anzustellen.

Die Zeit drängte. Sie schlenderten unauffällig hinaus und taten so, als wollten sie in ihr Zimmer gehen. Niemand hielt sich auf dem Hof auf. Sie flitzten eilig in das zweite Treppenhaus und jagten durch die Gänge.
Doch als sie die zweite Tür zum Rittersaal schließlich erreichten, hatten die angeblichen Dichter das Schlüsselloch verhängt. Nicht mal durch den Türspalt drang Licht nach draußen.
Sie hörten nur ein gedämpftes Gemurmel.
»Das ist ja eine ganz ausgekochte Bande«, schimpfte Heiner. »Die haben alle Vorsichtsmaßnahmen ergriffen. – Ob sie Verdacht geschöpft haben?«
Fuzzi schüttelte den Kopf. »Glaube ich nicht. Wahrscheinlich sind sie so vorsichtig, weil der eine glaubt, er habe Leo Wolf gesehen.«
Sie standen eine Weile ratlos herum und fragten sich, was sie nun tun sollten.
»Versuchen wir es mal an der Haupttür«, schlug Fuzzi vor.
Doch als sie sich auf den Rückweg machen wollten, fiel unter ihnen eine Tür zu, und auf der Treppe waren Schritte zu hören.
Heiner riß Fuzzi am Ärmel zurück. Sie blickten einander an. Wer konnte das sein? Wolf? Einer von seiner Bande? Oder hatten die Vampire jemanden geschickt, der die Hintertür bewachen sollte?
Was hatten J. S. und seine Leute während des Tages gemacht? Heimlich die Burg ausgekundschaftet? Das fehlte noch, daß sie jetzt bei ihren Ermittlungen entdeckt wurden.

Der Unbekannte folgte ihnen. Eine Etage über dem Rittersaal gelangten sie in einen breiten Korridor, von dem mehrere Türen abgingen. Aber er entpuppte sich als Sackgasse.
Fuzzi flüsterte aufgeregt: »Los, wir müssen irgendwo rein.«
Doch welche Klinke sie auch berührten, die Räume waren verschlossen. Im letzten Moment entdeckten sie eine Wandnische, zogen den Bauch ein und hielten die Luft an.
Die Schritte waren bereits auf ihrer Etage angekommen und verharrten.
Wer war das? Und was hatte er vor?
Endlich – beziehungsweise leider – setzte sich der Unbekannte wieder in Bewegung. Die Schritte kamen auf sie zu.
Heiner brach der kalte Schweiß aus. Doch er wagte nicht, um die Ecke zu spähen.
Fuzzi hatte den Blick zum Himmel gerichtet und bewegte lautlos die Lippen. Da hörten sie das Klirren eines Schlüsselbundes.
Ein Schlüssel bewegte sich im Schloß. Ein Knarren. – Stille.
Oho, dachte Heiner, Herr Unbekannt möchte ebenfalls nicht gehört werden.
Fuzzi schien den gleichen Gedanken zu haben, denn er setzte eine triumphierende Miene auf.
Die Tür wurde leise zugemacht, fiel jedoch nicht ins Schloß. Die Schritte wurden leiser.
Der Unbekannte befand sich im Zimmer, das er soeben aufgeschlossen hatte.

»Mensch!« flüsterte Fuzzi. »Das war knapp.«
»Sei still!« zischte Heiner. »Vielleicht kommt er zurück.«
Es war nichts zu hören. Sie warteten zwei Minuten, dann schob Heiner den Kopf um die Ecke. Der Raum war vier Türen von ihnen entfernt. Die Tür stand einen Spalt auf. Dahinter sah es dunkel aus.
»Los«, flüsterte Heiner, »wir verschwinden!« Er sah ein, daß ihre Aktion ein Fehlschlag war. Sie waren eben Amateure, weiter nichts.
Auf Zehenspitzen schlichen sie durch den Korridor. Als sie mit der Tür auf gleicher Höhe waren, lief es Heiner kalt über den Rücken, doch Fuzzi blieb stehen.
»Warte mal!« wisperte er.
Heiner wurde übel vor Angst, als er sah, wie sein Freund sich zu der Tür hinüberbeugte und einen vorsichtigen Blick in den dahinterliegenden Raum warf.
Am liebsten wäre er weggelaufen, aber das konnte er nicht tun, weil Fuzzi ihn dann für den Rest seines Lebens einen Waschlappen genannt hätte.
Fuzzi winkte ihm, er solle näher kommen. Oje, oje! Mit klopfendem Herzen beugte Heiner sich hinüber und spähte durch den Türspalt.
In der Dunkelheit, ein paar Meter von ihnen entfernt, lag eine Gestalt am Boden – leblos.
»Wah!«
O Gott! Ein Mord! Fuzzi drückte die Tür auf.
Die Gestalt zuckte wie vom Blitz getroffen zusammen und hob den Kopf.

Heiner war sich nicht darüber im klaren, wen er in diesem Zimmer erwartet hatte. Das Geräusch der Schritte, die ihnen gefolgt waren, hatte nicht verraten, wie alt der Unbekannte war und welchem Geschlecht er angehörte. Wahrscheinlich hätte das nicht mal ein echter Geheimagent erkannt, denn Linda, die putzmunter und lebendig mitten im Raum auf den Dielenbrettern lag, trug schwarze Reitstiefel, die auch jedem Mann gepaßt hätten. Heiner machte sich mit dem Gedanken vertraut, daß seine zukünftige Frau offenbar auf großem Fuß lebte. Vielleicht sollte er erst genaue Erkundigungen über ihre Vermögenslage einziehen, bevor er um ihre Hand anhielt.
»Du?« sagten Fuzzi und Heiner wie aus einem Mund.
»Ihr?« hauchte Linda überrascht.
Dann setzte sie ein verschmitztes Grinsen auf und legte einen Finger auf den Mund. »Leise!« Sie winkte sie heran. »Kommt her! Hier sind ein paar Spalten im Boden.«
Als sie neben ihr auf dem Bauch lagen, erfuhren sie, daß Linda auf dem benachbarten Gut gewesen war, um eine Runde zu reiten. Bei ihrer Rückkehr hatte sie keinen von ihnen gefunden und den Plan gefaßt, nähere Erkundigungen über die angeblichen Dichter einzuziehen. Es imponierte Heiner zwar mächtig, daß sie überhaupt keine Angst hatte, aber daß sie Fuzzi ähnlicher war als ihm,

fand er erschreckend. Nicht etwa, daß er sich für einen Feigling hielt – er war nur vorsichtig. Das hatte bestimmt etwas damit zu tun, daß er soviel Phantasie hatte. Aber die hatte Fuzzi auch.
Heiner kniff ein Auge zusammen und peilte in den Tagungsraum hinunter.
Jochen Schocker und seine Truppe saßen im Kerzenschein an der langen Tafel und unterhielten sich mit gedämpfter Stimme. Die Männer wirkten ungewöhnlich diszipliniert. Wer etwas zu sagen hatte, hob den Finger, wie in der Schule, dann erteilte Schocker ihm das Wort.
Erstaunlicherweise unterhielten sich die geheimnisvollen Männer in einer Sprache, die ihm zwar wie Deutsch vorkam, aber nicht hundertprozentig verständlich war. Ihre Reden waren dermaßen mit Fremdwörtern gespickt, daß Heiner es nicht schaffte, einen klaren Zusammenhang zwischen den einzelnen Sätzen herzustellen.
Da war die Rede von Konzepten, Treatments, Exposés und Zyklen.
Da sprach man von Redigieren, Transkribieren und Koordinieren, und es fielen Ausdrücke wie Kolaboration, Glossar und Register. Schon bald schwirrte ihm der Kopf, und als er Fuzzi und Linda ansah, bemerkte er an ihren angestrengten Gesichtern, daß sie ebenfalls kaum mehr als Bahnhof verstanden.
Der Tonfall der Männer erschien Heiner höchst akademisch. Wäre Schulrat Fuchs jetzt bei ihnen gewesen – er hätte womöglich alles verstanden, was da unten geredet wurde. Aber sie, drei jun-

ge Leute, von denen – zugegeben – wenigstens zwei jedes Vergnügen dem Pauken vorzogen . . . Jetzt rächte sich zumindest ihre ewige Pennerei im Lateinunterricht. Denn Latein schienen J. S. und seine Leute bestens zu beherrschen. Jedes vierte Wort, das sie benutzten, hatte einen lateinischen, und jedes dritte einen englischen Stamm. Es war zum Ausflippen!

Eins wurde Heiner jedoch irgendwie klar: J. S. und seine Spießgesellen planten etwas, was sie nur gemeinsam und unter Einsatz ihrer gesamten Kräfte schaffen konnten.

Wolf und seine Bande planten das gleiche oder etwas Ähnliches. Gewinnen, so schien es, konnten nur die, die es schafften, ihren Plan als erste zu verwirklichen – beziehungsweise »an den Mann zu bringen«, wie es einer der Redner formulierte.

Welchen Mann sie meinten, wurde nicht klar, aber wahrscheinlich war es ein Hehler, dem man irgendeine Ware verkaufen wollte. Vielleicht standen der Bande auch mehrere Hehler zur Auswahl: Es fielen zwar ein paar Namen, doch wurden sie von den Diskutanten sehr unterschiedlich beurteilt. Manchmal sagte ein Bandenmitglied: »Der macht doch nichts mehr.« Oder: »Bei dem ist das Genre« – schon wieder so ein vertracktes Fremdwort – »doch längst untendurch.« Bei manchen Namen stöhnten die finsteren Herren auf, und einer sagte: »Der Knauser zahlt doch nichts!«

Später berauschten sie sich auf fast wehmütige Art und Weise an ihrer Vergangenheit, die offenbar

sehr erfolgreich gewesen war. Sie schwärmten im schönsten Gossenjargon, würde Schulrat Fuchs sagen, von der »Kohle« und der »Knete«, die sie früher gemacht hatten, und bestätigten sich reihum, was sie doch für tolle Hechte gewesen waren.
Auch über die sogenannten Werwölfe wurde geredet. Offenbar war Dr. Wolf tatsächlich Psychiater von Beruf. Auch die Mitglieder seiner Bande schienen bürgerlichen Berufen nachzugehen. Leo Wolf war – Heiner hörte und staunte – Anwalt; andere schienen Postboten, Beamte, Schleusenwärter, Gärtner und sogar Schauspieler zu sein.
»Diese verflixten Amateure machen unsereinem das Dasein immer schwerer«, schimpfte Schocker. »Man sollte ein Gesetz gegen diese Brut erlassen.«
»Au ja!« riefen seine Kumpane.
Wolf wollte J. S. und seine Bande aus dem Geschäft drängen, das verstand Heiner. Weil Wolf und seine Leute »Amateure« waren, hielten J. S. und die Seinen sie für eine Gefahr. Es hieß, die Werwölfe drückten die Preise. Das konnte nur bedeuten, daß sie ihre Ware billiger an die Hehler abgaben, als es in Unterweltskreisen üblich war. J. S. und seine Leute schienen fest entschlossen zu sein, die Werwölfe in ihre Schranken zu weisen.
Aber wie?
»Da hilft nur blanker Terror!«
»Vielleicht sollten wir sie einfach ans Finanzamt verpfeifen.«
Der letzte Vorschlag wurde von allen Seiten mit Protestpfiffen beantwortet. Das ging wohl doch et-

was zu weit. Wahrscheinlich gab es unter diesen Leuten noch so etwas wie Gaunerehre.
»Wenn wir sie nicht ausschalten, werden wir uns bald mit streunenden Hunden um die Knochen raufen«, sagte Jochen Schocker mit einem so abgrundtief traurigen Seufzer, daß er Heiner fast leid tat. Die andern stimmten ihm zu. Die Gesichter der versammelten Vampire wurden immer grämlicher. Die Diskussion wogte noch eine Weile hin und her, dann schloß J. S. die Sitzung und forderte seine Kumpane auf, für den Rest des Tages in Klausur zu gehen. »Punkt Mitternacht treffen wir uns wieder. Dann machen wir ein ‚Brainstorming' und entwikkeln ein Konzept.«
Als die Vampirbande den Tagungsraum verlassen hatte, atmeten Heiner und die anderen auf.
Fuzzi sagte kopfschüttelnd: »Ich weiß nicht, wie ihr es seht, aber ich habe kaum ein Wort verstanden. – Haltet ihr es für möglich, daß diese Kerle Akademiker sind?«
»Ich finde, die haben Fachchinesisch gesprochen«, meinte Heiner. Aber Ganoven mit Studium – das konnte er sich eigentlich nicht vorstellen.
»Warum denn nicht?« fragte Linda. »Wenn sie hinter Wahnfrieds Schatz her sind, müssen sie doch Sachverstand haben. Ich kann jedenfalls kein normales Möbelstück von einer Antiquität unterscheiden, die hunderttausend Mark wert ist.«
Studierte Diebe? Wieso nicht? Heiner hatte sich ein paar der gefallenen Ausdrücke gemerkt und schrieb sie flugs in sein Notizbuch. Ein »Exposé«, das wuß-

te er aus den Schaufenstern eines Maklers, war eine Beschreibung, in der alles aufgelistet wurde, was zu einem zum Verkauf stehenden Haus gehörte.
»Genre« – steuerte Linda bereitwillig bei, war das französische Wort für Gattung oder Art. Man konnte den Begriff durchaus auf den Bereich der Kunst anwenden.
Fuzzi, dem Englischgenie, fiel ein, daß »Treatment« eine »gründliche Behandlung oder Erfassung« bezeichnete. Vielleicht wollte man die Kunstwerke Wahnfrieds listenmäßig erfassen?
»Irgendwie paßt alles zusammen«, sagte Linda. »Ich frage mich nur, woher diese Burschen überhaupt von Wahnfrieds getarntem Schatz wissen.«
Heiner erzählte ihr von den Fachbüchern, die in Schockers Zimmer lagen. »Vielleicht war Wahnfried bekannter, als du glaubst. Es könnte doch sein, daß sein Tarnungstick schon vor Jahrhunderten bekannt war. Schocker hat bestimmt aus seinen Büchern davon erfahren.«
»Jedenfalls dürfen wir sie nicht mehr aus den Augen lassen«, beschloß Fuzzi. »Wir beschatten sie, und zwar rund um die Uhr.« Sie zogen Streichhölzer. Heiner bekam die erste Schicht, Linda die zweite. Fuzzi beschloß, sich aufs Ohr zu legen, damit er für die Frühschicht fit war.
Sie gingen leise hinunter und verzehrten hastig einen Imbiß, dann verschwand Fuzzi auf sein Zimmer. Linda half Frau Knautsch in der Küche mit den Vorbereitungen für den nächsten Tag. Heiner setzte sich in der Burgschenke zu Felix und gab ihm

ein paar Tips, die verhindern sollten, daß er auch bei der nächsten Schachpartie wieder gegen sein anderes Ich verlor. Felix wußte jedoch seine Ratschläge nicht sonderlich zu schätzen.
Die Bauarbeiter strömten herein; Baron Ludwig setzte sich mit dem Bauleiter Gustav an einen Tisch und wälzte Pläne. Der Baron schien allerhand vorzuhaben, denn die Zeichnungen, die Gustav sich ansah, führten dazu, daß er sich die Haare raufte und die Augen verdrehte. Offenbar bereiteten sie ihm einiges Kopfzerbrechen.
Von den Vampiren ließ sich keiner mehr blicken, aber dafür – das war eine Überraschung – tauchten gegen zweiundzwanzig Uhr drei Wandersmänner mit Gamsbarthüten und Rucksäcken auf. Sie wirkten wie gewöhnliche Touristen, aber davon ließ Heiner sich nicht täuschen: Einer der Männer war mit den Brüdern Wolf zusammen im Wald gewesen. Sie setzten sich an einen Ecktisch, tranken Kaffee und bestellten etwas zu essen.
Heiner ließ sie nicht aus den Augen. Er wußte, warum sie hier waren. Felix' ungewolltes Ausschalten der Abhöranlage hatte sie veranlaßt, der Burg einen persönlichen Besuch abzustatten. Und da die Brüder Wolf bei den Vampiren bekannt waren, hatten sie drei Leute geschickt, die man wahrscheinlich nicht verdächtigte.
Marie-Antoinette bediente sie. Die Männer fragten, ob sie in der Burg übernachten könnten.
Natürlich waren noch genügend Zimmer frei. Der Baron, der sich über jeden neuen Gast freute, hän-

digte ihnen die Schlüssel aus und begleitete sie mit freundlichen Worten in den ersten Stock.
Heiner schloß sich den Wanderern heimlich an. Nachdem er mitbekommen hatte, daß ihr Zimmer auf dem gleichen Gang lang wie das ihre und die der Vampire, schlüpfte er zu Fuzzi hinein. Doch der war fest eingeschlafen und mühte sich gerade, einen neuen Wald abzusägen.
Heiner ging erneut auf den Korridor hinaus und nahm an der Treppe Aufstellung. Kurz darauf öffnete sich die Tür der Wanderer. Heiner huschte ein paar Stufen hinab und duckte sich.
Aus dem Zimmer der Neuankömmlinge schlich ein Mann mit einer Art Hörrohr von Tür zu Tür, drückte das trompetenartige Ende des Hörrohrs gegen die Türen der Vampire und blieb lauschend stehen. Einer seiner Kollegen stand Schmiere.
Das Spielchen dauerte ungefähr zehn Minuten, dann klemmte sich der Lauscher sein seltsames Instrument unter den Arm und kehrte zu seinen Kumpanen zurück. Bums! Die Tür war zu.
Heiner holte tief Luft. Die Lage war klar. Die Werwölfe mußten auf heißen Kohlen sitzen, daß sie das Wagnis eingingen, in die Höhle des Löwen – beziehungsweise in die Gruft des Vampirs – vorzudringen. Die händereibende Gebärde des Lauschers hatte Heiner aber noch etwas anderes verraten: Er schien etwas erfahren zu haben, was für ihn und seine Komplizen von Wert war.
Kurz darauf mußte Heiner sich erneut verstecken, denn nun traten Jochen Schocker und sein Zimmer-

genosse auf den Korridor und klopften an die Türen ihrer Kumpane. Dann hielt die Vampirbande auf dem Gang eine geflüsterte Konferenz ab. Die Männer wirkten plötzlich heiter und ausgelassen.
Sie verschlossen die Türen ihrer Zimmer und gingen, mit großen Stablampen bewaffnet, am Korridorende durch die schwere Eisentür. Heiner folgte ihnen. Während vor ihm die Lampen aufblitzten, huschte er wie ein Schatten hinter ihnen her. Sie waren zweifellos zum Tagungsraum unterwegs.
Als sie die verschlungenen Wege hinter sich gebracht hatten, schlugen sie ihm die Tür vor der Nase zu. Heiner bückte sich gerade, um einen Blick durch das Schlüsselloch zu werfen, als er hinter sich ein Hüsteln hörte, das ihm die Haare zu Berge stehen ließ.
Die Werwölfe! Er hörte, wie einer der Männer von einem anderen angefahren wurde. »Mensch, sei leise! Oder willst du, daß sie uns bemerken?«
Der zweite Mann verteidigte sich: »Es ist der Staub, Eddy. Ich«, er räusperte sich, »ich halt' das nicht aus. Ich bin allergisch gegen Staub.«
Heiner machte einen Satz zur Seite und entdeckte im Licht der Sterne einen alten Schrank, der im Korridor stand. In der Hoffnung, daß der Baron die Scharniere der Schränke in Schuß hielt, öffnete er die Tür und schlüpfte hinein.
Hurra, kein Knarren! Kleine Glasfenster im oberen Drittel der Schranktür erlaubten Heiner einen guten Ausblick auf die Szenerie. Die drei Werwölfe standen vor dem Eingang des Tagungsrau-

mes. Einer lugte durch das Schlüsselloch. Der zweite preßte das Hörrohr gegen die Türfüllung. Der dritte blickte sich mißtrauisch um.
»Sie setzen sich, Eddy«, meldete der Mann am Schlüsselloch. Der Stimme nach war er derjenige, der eben gehüstelt hatte.
Der Mann, der sich mißtrauisch umsah, erwiderte: »Glaubst du, sie tagen im Stehen, du Schussel?« Er tippte dem Mann mit dem Hörrohr auf die Schulter. »Hörst du was, Klausi?«
»Nur Gemurmel«, sagte Klausi. »Siehst du was, Paul?«
Schussel – beziehungsweise Paul – erwiderte: »Sie haben Kerzen angezündet.«
»Wie unheimlich!« Eddy schüttelte sich. »Daß diese Spinner es nicht lassen können, ihr Geschäft so ernst zu nehmen. Aber so sind sie nun mal, die Profis. Die Knete allein genügt ihnen nicht. Sie wollen auch noch Hokuspokus dabei haben.«
Heiner, dem das Herz vor Aufregung im Leib hüpfte, fragte sich, was Eddy damit gemeint haben könnte. Inzwischen hatte er kapiert, daß die Vampirbande aus Profis bestand, während die Werwölfe die Amateure waren. Aber was, zum Kuckuck, hatte der Gruselmummenschanz mit Ritter Wahnfrieds Schatz zu tun?
»Jetzt geht's los«, flüsterte Paul.
»Ich hör' was«, meldete Klausi.
»Was denn?« fragte Eddy. Er beugte sich neugierig vor und wollte sich auf Pauls Rücken abstützen, aber in diesem Moment ging Paul in die Knie. Eddy

fand keinen Halt und fiel mit einem Aufschrei gegen die Tür, die sehr gut geölt war. Er hielt sich zwar noch an Klausis Pullover fest, aber das nützte ihm wenig.
Er knallte gegen die Tür, und die Tür sprang auf. Heiner vernahm einen erschreckten Schrei aus sieben Vampirkehlen. Dann hörte er, wie ebenso viele Stühle zurückgeschoben wurden.
Paul schrie: »Es war nicht meine Schuld!«
Klausi, der mit Eddy in den Tagungsraum hineingepurzelt war, quiekte: »Haut ab! Haut ab!«
Im Tagungsraum wurden aufgeregte Schreie laut, dann ertönte das Geräusch eiliger Schritte. Sie näherten sich der Tür.
Heiner, inzwischen in Schweiß gebadet, hielt den Zeitpunkt für gekommen, sich zu verdünnisieren. Doch nun klemmte die verflixte Schranktür plötzlich. Während er in Panik gegen das Holz schlug, türmte sich in der Tür des Tagungsraums ein Menschenknäuel auf.
Die Vampire stürzten sich auf die Werwölfe, und ehe man sich's versah, war die schönste Rauferei im Gange. Der Lärm war kaum zu überhören, denn die zehn Männer, die sich dort auf dem Boden wälzten, gaben sich keine Mühe, ihren Zorn und ihre Angst zu verheimlichen.
»Nimm das, Bursche!«
»Autsch!«
»Pack ihn, Ferdi!«
»Hab' ihn schon!«
»Doch nicht mich, du Trottel! Ich bin's – Jochen!«

»Laß mich los!«
»Jetzt kriegst du was, du dämlicher Amateur!«
»Ich will nach Hause!«
Während die Schlacht tobte, gelang es Heiner endlich, die elende Schranktür zu öffnen. Doch diesmal kreischte sie erbärmlich. Als er ins Freie sprang, hoben sich mehrere Köpfe, deswegen floh er in die andere Richtung.
»He, da ist noch einer!«
»Schnappt ihn!«
»Das muß Wolf sein!«
Heiner machte die Fliege. Er rannte gegen eine Tür, drückte sie auf, rutschte auf dem glatten Boden aus, rappelte sich wieder auf, schrie um Hilfe, taumelte durch einen langen, fensterlosen Gang und vernahm hinter sich das wutschnaubende Geheul der Vampire, die Eddy, Klausi und Paul offenbar vergessen hatten und nun in ihm den Rädelsführer ihrer Konkurrenten sahen.
Als er an eine Treppe kam, die ein wunderbar glattes Geländer aufwies, schwang er sich kurzerhand hinauf und setzte seine Flucht rutschend fort. Drei Männer rannten hinter ihm her, die unentwegt »Warte doch, Wölfi!« schrien. Hinter ihnen kamen die Vampire.
Oje! Der Ausruf »Das muß Wolf sein!« hatte offenbar auch Eddy, Klausi und Paul in die Irre geführt. Nun glaubten sie, er wäre ihr Chef und wollte ihnen den Weg in die Freiheit zeigen. Die Werwölfe waren flink, aber die Vampire dachten auch nicht daran, eine Pause einzulegen.

Sie schienen fest entschlossen zu sein, der mißliebigen Konkurrenz ordentlich das Fell zu gerben.
Daß Wölfi Wolf dort rannte, schien für sie festzustehen.
Am Ende des Geländers war eine Tür.
Hurra! Heiner riß sie auf und stürmte in den Burghof hinaus.
Kühle Luft empfing ihn – und das Licht mehrerer Scheinwerfer, die seine Augen blendeten. Er blieb stehen, als er Stimmen hörte. War die des Barons nicht auch dabei? Dann knallte auch schon jemand gegen seinen Rücken, und eine aufgeregte Stimme, die entweder Klausi, Paul oder Eddy gehörte, rief: »Wo geht's hier raus? Wir müssen weg! Sie sind stinksauer!«
Die Vampire brüllten: »Haut sie!«
Heiner jagte weiter, quer über den Burghof – auf eine Tür zu. Da war wieder eine Treppe. Sie führte nach unten. Heiner rutschte aus. Wumm! Bumm! Er spürte, wie das harte Treppengestein seinen Körper malträtierte, dann klatschte er gegen etwas Weiches, und eine dumpfe Stimme, deren Besitzer er im Dunkeln nicht erkennen konnte, sagte überrascht: »Aua!«
Weg, nur weg! Am Ende der Treppe angekommen, richtete Heiner sich ächzend auf und sah sich schnell um. Er war gegen jemanden gefallen. Wolf? Hatte er hier auf seine Leute gewartet? Trotz der Finsternis kamen ihm die Wände bekannt vor. Er befand sich in den Grüften, die er am Nachmittag mit Fuzzi erforscht hatte.

»Heiner!« Oben auf dem Burghof rief eine seltsam vertraute Stimme seinen Namen.
Bloß weg! Heiner tauchte in der Finsternis unter. Hinter ihm schrie Eddy aufgeregt: »Warte auf uns, Wölfi!«
Und das war der Hauptgrund, weswegen Heiner nicht mehr darauf achtete, wohin er floh. Er hatte nur noch einen Gedanken: Weg von allem!

Die Wahrheit kommt ans Licht

Die Dunkelheit, die in den Grüften herrschte, trug auch nicht dazu bei, Heiners angegriffene Nerven zu beruhigen.
Bauz! Er stolperte über eine Milchkanne und landete auf dem Bauch. Seine Rippen! Aber immerhin spürte er sie noch. Als er aufstand, schlug er mit dem Kopf irgendwo an und blieb mit dem Ärmel an einem Nagel hängen.
Ratsch! Sein Anorak!
Heiner zog den Kopf ein und jagte gebückt durch einen engen Gang. Es dauerte nicht lange, dann bemerkte er, daß er auch hier unten nicht allein war. Die Leute, die ihn verfolgten, und die Leute, die seine Verfolger verfolgten, schienen überall und nirgends zu sein. Heiner duckte sich hinter eine Kiste und wartete ab. Dumpfe Schritte von rechts. Aufgeregte Stimmen.
Paul, Klausi und Eddy schienen inzwischen auf ihren wirklichen Chef gestoßen zu sein, denn zu

ihren Stimmen hatte sich nun eine vierte gesellt. Jochen Schocker und seine Leute klebten an ihren Fersen. Aber auch das war noch nicht alles: Der Lärm im Rittersaal und auf dem Hof hatte offenbar sämtliche Bewohner der Burg geweckt – falls sie nicht sowieso wach gewesen waren. Kurz darauf begann die Invasion der Grüfte. Taschenlampen blitzten auf, ihre Strahlen huschten über Wände und Decken. Auch die Stimmen der Bauarbeiter und des Barons drangen nun an Heiners Ohren. Es dauerte nicht lange, da wimmelte es in den finsteren Gängen und Kammern von suchenden, rufenden und gelegentlich fluchenden Menschen, die sich bemühten, einen Weg zu finden, der sie in die Freiheit führte.

Als Heiner um eine Ecke bog, stieß er unerwartet mit jemandem zusammen. »Autsch!« Sie fielen beide zu Boden. Heiner spürte etwas Hartes an seiner Brust, griff danach und hatte plötzlich eine kleine Taschenlampe in der Hand. Er sprang auf, stieg über seinen unbekannten Widersacher hinweg und tauchte in einem engen Seitengang unter. Die Batterie der Lampe war fast leer, doch in ihrem Schein sah er einen Weg, der ihm vage bekannt vorkam. Aus allen Richtungen drangen Rufe an seine Ohren, die geisterhafte Echos warfen.

»Eddy! Wo steckst du?«

»Jochen, hier sind sie!«

»Heiner! Heiner!« Das schien Fuzzi zu sein.

»Hierher, Männer!« Das war Gustav.

»Wölfi, Wölfi!«

Heiner kauerte sich mit klopfendem Herzen in eine Nische und verfolgte, wie Gestalten an ihm vorbeiliefen und sich suchend umsahen. Er konnte nicht erkennen, wer die Verfolgten und wer die Verfolger waren, aber ihm war klar, daß aus den Vampiren nun ebenfalls Verfolgte geworden waren.
Hihi! Heiner rieb sich die Hände. Wenn die Eindringlinge den Bauarbeitern in die Hände fielen, dann gute Nacht, Marie! Jeder dieser Burschen konnte es mit zwei Bandenmitgliedern aufnehmen.
Fuzzi rief irgendwo in der Nähe mit zitternder Stimme: »Ach, du grüne Neune! Herr Vater! Was machen Sie denn hier?«
Oje! Heiner zog instinktiv den Kopf ein. Felix' Trick war offenbar nicht besser gewesen als seine Schachzüge. Herr Fuchs hatte sich entschlossen, doch nicht nach Wien zu fahren. Gewiß hatte er den Trick durchschaut und war ihnen auf die Spur gekommen. Das hatte gerade noch gefehlt!
Als Heiner die Gelegenheit für günstig hielt, die Stellung zu wechseln, prallten vor ihm in der Nähe zwei Gestalten zusammen. Das Klatschen von Ohrfeigen wurde hörbar. Ein Lichtstrahl fiel auf mehrere Personen, die sich in einem wirren Knäuel rauften. Klatsch! Klatsch! ging es. Klatsch! Die Bauarbeiter hatten jemanden erwischt, der sich wie ein Tiger wehrte. Plötzlich segelten leere Pappkartons durch die Luft.
»Hab' ich dich!«
»Hau ab! Laß mich in Ruhe!«
»Na warte, Bürschlein!«

»Wölfi, hilf mir!«
Der Baron rief: »Gebt es ihnen, Jungs! Auf sie mit Gebrüll! Schnappt euch das Lumpenpack!«
Ein fröhliches Gejohle aus bärbeißigen Männerkehlen verriet Heiner, daß die Bauarbeiter offenbar einen Riesenspaß hatten. Als harte Burschen, die sie waren, machten sie nicht viel Federlesens mit denen, die sie erwischten. Heiner tat gut daran, schleunigst zu verduften, bevor sie ihn in der Dunkelheit für einen anderen hielten. Unter einer Salve tieffliegender Pappkartons machte er einen Satz nach vorn, bahnte sich eine Gasse durch einen großen Haufen Altpapier, stolperte über ein Faß und landete bäuchlings auf einem zweiten. In seiner Umgebung roch es stark nach Wein. Heiner riß rasch die erbeutete Taschenlampe hoch.
Vor ihm befand sich die Tür, hinter der sie die Truhen mit den muffigen Büchern entdeckt hatten. Dort konnte er sich verstecken. Heiner krabbelte mit klopfendem Herzen über die Fässer und warf sich gegen die Tür.
»Da ist er!« rief J. S. irgendwo aus dem Dunkel. Der Strahl einer Taschenlampe huschte über Heiners Hinterkopf. »Wolf! Er will verduften!«
Ein Pappkarton flog gegen seinen Rücken.
»Du entkommst mir nicht!«
Heiner quetschte sich durch den Türspalt. Als er das Versteck hinter sich schließen wollte, waren seine Verfolger schon bei ihm.
»Ich bin's nicht!« rief er verzweifelt. »Ich bin nicht Wolf!«

»Mich legst du nicht rein!« J. S. hechtete über die Fässer, ein anderer folgte ihm. Heiner ließ von der Tür ab und eilte auf die Truhen zu, um sich zwischen ihnen zu verstecken. Mit etwas Glück konnte er Jochen Schocker vielleicht austricksen. Immerhin war es in diesem Raum stockfinster. Als er in Deckung ging, flog die Tür auf. Ein dunkler Schatten drang in den Raum ein. Dann noch einer. Sie sahen sich um.
Zum Glück hatten sie keine Taschenlampen.
Heiner hielt den Atem an.
»Komm raus, Wolf!« sagte Jochen Schocker heiser. »Ich weiß, daß du hier bist!«
Von irgendwoher ertönte ein leises Lachen.
»Du hast keine Chance!« rief Schocker. Er schien sich jedoch nicht zu trauen, weiter in den Raum hineinzugehen.
Heiner hielt sich versteckt und vertraute angesichts seiner zitternden Knie auf sein Glück. Plötzlich flammte an der Decke eine trübe Funzel auf.
Jochen Schocker fuhr überrascht herum. Hinter ihm ragte mit einem triumphierenden Grinsen ein Hüne von einem Mann auf, der einen dicken Knüppel in der Hand hielt. Gustav!
Dahinter drängten sich drei oder vier kräftige Bauarbeiter, die ähnlich bewaffnet waren. Felix war auch bei ihnen.
Und noch jemand – Homer Lundquist alias Harry Schmidt.
Sein Vater! Heiner zog den Kopf ein. Jochen Schocker tat erschreckt das gleiche.

»Hoho!« Gustav lachte fröhlich, klemmte sich den Knüppel unter den Arm und rieb sich die Hände. »Jetzt ist es aus mit euch, ihr Lumpen!« Seine Hände waren groß und kräftig; schon ihr Anblick genügte, um J. S. Respekt einzuflößen.
Auch der Mann, der Schocker gefolgt war, schien dies so zu sehen, denn er erbleichte und wich schnell an die Wand zurück. Er war kein anderer als Wölfi Wolf. Jochen Schocker starrte ihn an, als hätte er einen Geist vor sich.
»Wolf, Sie?«
Wölfi Wolf versuchte ein müdes Grinsen. »Es sieht so aus, als hätten wir beide ausgespielt. Schade! Ich bin Ihnen extra hierher gefolgt, um Ihnen eine tüchtige Abreibung zu verpassen.«
»Wenn hier jemand eine Abreibung verpaßt«, stellte Gustav grollend richtig, »dann bin ich das.« Er tippte J. S. an die Brust. »Im übrigen wäre ich Ihnen dankbar, wenn Sie uns erklären würden, was Sie hier eigentlich treiben.«
»Ja«, sagte Linda und quetschte sich an den Bauarbeitern vorbei, die zusammen mit Homer Lundquist in der Tür standen, »das wüßte ich auch gern.« Ihre Augen sprühten Blitze.
Heiner spähte über die Kiste und musterte die Anwesenden. Alle konzentrierten sich auf J. S. und Wolf. Noch schien ihn niemand bemerkt zu haben.
»Ich gebe ja zu«, sagte der ominöse Dr. Wolf, »daß es höchst verdächtig wirkt, was wir hier machen, aber ich versichere Ihnen, mein guter Mann . . .«
Zu Heiners Entsetzen ergriff nun sein Vater das

Wort. Er trat auf J. S. zu und fragte: »Jochen, du? – Und du auch, Wölfi?« Er maß den Obervampir und den Chefwerwolf mit einem irritierten Blick. »Was macht ihr denn hier?«
Jochen Schocker zuckte zusammen, als er ihn sah. Dann schluckte er und erwiderte: »Harry, ich weiß, daß die Situation gegen uns spricht, aber wie Wolf schon gesagt hat . . .«
»Wir können alles erklären«, sagte Wolf hastig. »Glaub uns, Harry!«
Heiner fiel beinahe in Ohnmacht. Sein Vater, der zerstreute Homer Lundquist – er kannte diese Lumpenbande? Am liebsten wäre er vor Scham auf der Stelle im Boden versunken.
»Papa, Papa!« brabbelte er aufgeregt und hob den Kopf.
»Heiner?« Harry Schmidt drehte sich um und hob fragend die Brauen. »Kannst du mir vielleicht sagen, was hier los ist?«
Lindas Onkel, der sich gerade durch die Tür zwängte, hob überrascht den Kopf und musterte mit einem neugierigen Blick die alten Truhen. »Nanu, was ist denn das für ein Raum? Hier bin ich ja noch nie gewesen.«
»Sag bloß, du kennst diese Räuberbande, Papa?« fragte Heiner blaß und entsetzt. »Wußtest du vielleicht auch, daß sie Ritter Wahnfrieds Schätze stehlen wollten?«
»Räuberbande?« wiederholte Harry Schmidt verständnislos. Sein Gesicht war ein einziges Fragezeichen. »Wovon redest du, mein Sohn? Und wieso

strolchst du zu nachtschlafender Zeit durch Grüfte, statt im Bett zu liegen, wie es sich für einen Angehörigen deines Alters gehört?« Im Moment, fand Heiner, wirkte er überhaupt nicht zerstreut.
»Ich kann alles erklären«, warf Linda ein und stellte sich neben Heiner.
»Wer ist Ritter Wahnfried?« fragte Schocker.
Auch Wolf schaute recht belämmert drein. »Ich glaube, man versteht uns völlig falsch.«
In diesem Moment drängte sich jemand durch die Menge, der Fuzzi am Kragen hinter sich herschleifte. Es war kein anderer als Schulrat Fuchs. Er blinzelte in den Raum. »Was denn, Sie wissen nicht, wer Ritter Wahnfried war? Wahnfried von Lumpe war doch der größte Sammler von Räuberromanen im siebzehnten Jahrhundert. Seine Sammlung ist zwar verschollen, aber ihr Wert wird heute auf mindestens eine Million geschätzt.«
»Das ist ja nicht zu glauben«, sagte Harry Schmidt, als er Fuzzis Vater sah. »Eumel! Was machst du denn hier?«
Herr Fuchs fuhr herum und rückte irritiert an seiner Brille. Plötzlich legte sich ein Strahlen auf sein Gesicht, und er brüllte: »Schmitti! Das ist ja eine tolle Überraschung!« Und während die Kinnladen von Heiner und Fuzzi sich spontan an das von Mr. Newton erfundene Schwerkraftgesetz erinnerten und hinunterklappten, nahmen Homer Lundquist und Bonifatius von Kyffhäuser sich lachend in die Arme und führten etwas auf, das entfernt an einen Steinzeittanz namens Twist erinnerte.

»Ich glaub', ich spinne!« Fuzzi stöhnte. »Die kennen sich!«
Heiner wackelte mit den Ohren.
Herr Fuchs sollte tatsächlich der legendäre Eumel sein, mit dem sein Vater die sechziger Jahre unsicher gemacht hatte?
Das war ein Schock.
»Natürlich kennen wir uns«, sagte Harry Schmidt, als er und Herr Fuchs wieder zu Atem gekommen waren. »Eumel und ich haben zusammen die Schulbank gedrückt. Wir haben uns vor zwanzig Jahren aus den Augen verloren. Weißt du noch, wie du in Mathe immer von mir abgeschrieben hast, Eumel?«
Herr Fuchs schlug beschämt den Blick nieder. »Das, äh, hättest du vielleicht nicht erwähnen sollen, Schmitti«, sagte er verlegen. »Ich bin jetzt nämlich Schulrat. Was macht das für einen Eindruck auf die Kinder?«
»Ich krieg' die Motten!« rief Harry Schmidt. »Eumel Fuchs ist Schulrat!« Er konnte es nicht fassen. »Wie hast du denn das gemacht?«
»Ähm, ähm . . .«, machte Herr Fuchs und verstieß damit gegen die alte Paukerregel, daß man nur in vollständigen Sätzen spricht.
Fuzzi sah seinen Vater kichernd an. »Eumel Fuchs – dieser Name ist stark!«
Herr Fuchs war verlegen. »So hat Schmitti mich früher immer genannt.«
»Ich will ja nicht über Gebühr neugierig erscheinen«, sagte der Baron und räusperte sich, »aber ich

würde es außerordentlich zu schätzen wissen, wenn mir jemand sagen könnte, was hier vor sich geht.«
»Ja, was wird hier gespielt?« fragte Jochen Schocker und wandte sich an Harry Schmidt. »Steckst du etwa auch mit Wolf und seinen Amateuren unter einer Decke? Willst du uns Konkurrenz machen?«
»Konkurrenz?« Harry Schmidt schüttelte verwirrt den Kopf. »Ich bin rein zufällig hier. Ich wollte nur meinen Sohn Heiner besuchen.« Er warf sich in die Brust. »Man hat mich nämlich in ein wichtiges Gremium berufen.«
»Wie komisch«, sagte der Schulrat Eumel Fuchs, »mich auch. Ich bin aus dem gleichen Grund hier, Schmitti.« Er sah Heiner an. »Sag mal, ist das etwa dein Sohn?«
Felix zog den Kopf ein und ging hinter Lindas Onkel auf Tauchstation.
Heiner und Fuzzi schlotterten heimlich vor sich hin. Gleich würde es krachen – sobald herauskam, was sie angestellt hatten.
Harry Schmidt war irritiert, daß Schulrat Fuchs seinen Sohn kannte. Doch bevor die Lage noch verworrener wurde, warf Heiner sich in die Bresche, deutete auf Schocker und Wolf und fragte: »Woher kennst du diese Typen, Papa?«
Sein Vater grinste. »Na, aus dem Schriftstellerverband. Jochen und Wölfi sind Kollegen von mir. Sie schreiben Gruselgeschichten.«
»Du bist Schriftsteller geworden, Schmitti?« warf Herr Fuchs ein. »Das ist ja interessant. Unter welchem Namen schreibst du denn?«

Das war der Moment, in dem nicht nur Heiners und Fuzzis Knie weich wurden – ihnen wurde auch eine Menge klar. Schamröte überzog ihre Gesichter, und sie krächzten fassungslos: »O nein!«
»Aber ja!« sagten Jochen Schocker und Wölfi Wolf wie aus einem Munde. »Wir sind Schriftsteller.«
Um zu verhindern, daß Heiners Vater sich als Homer Lundquist entlarvte, rief Fuzzi aufgeregt dazwischen: »Das kann doch nur Schwindel sein! Wir haben genau gehört, wie diese Leute ihre schmutzigen Pläne gewälzt haben.« Und dann sprudelte alles aus ihm heraus, was Heiner, Linda und er in den vergangenen Tagen gehört und gesehen hatten.
»Ich verstehe kein Wort«, sagte Jochen Schocker.
»Ich auch nicht«, sagte Dr. Wolf.
»Und wieso interessieren Sie sich dann für Literatur über versteckte Schätze in alten Burgen?« wollte Linda wissen.
»Ich interessiere mich rein hobbymäßig dafür«, antwortete Jochen Schocker mit dem ehrlichsten Gesicht der Welt. »Ist das etwa verboten?«
»Und was war das für ein großer Coup, nach dem sich Leo Wolf aus ihrer Branche zurückgezogen hat?« schoß Fuzzi die nächste Frage ab.
»Ich weiß zwar nicht, woher ihr meinen Bruder kennt«, sagte Dr. Wolf, »aber der größte Coup, den er gelandet hat, war die Eröffnung seiner eigenen Anwaltspraxis, die ihm so viel einbringt, daß er das Schreiben aufgegeben hat.«
»Und wieso haben Sie bei der Konferenz im Tagungsraum mit all diesen Kunstfachausdrücken

um sich geworfen?« fragte Heiner im Tonfall eines Filmstaatsanwalts und zückte sein Notizbuch. »Ich habe mir alles notiert: Genre, Exposé, Konzept, Treatment, Zyklus, redigieren, transkribieren, koordinieren, Kollaboration, Glossar und Register.« Er sah sich triumphierend um. »Das beweist doch wohl alles.«
»Mein lieber Junge«, Herr Fuchs rückte an seiner Brille, während sich ein breites Grinsen auf die Gesichter von Harry Schmidt, Jochen Schocker und Wölfi Wolf legte, »ich fürchte, ich muß dir eine herbe Enttäuschung bereiten. Die meisten dieser Begriffe wendet man in der Literatur an. Und die restlichen hast du wohl mißverstanden.« Er hüstelte verlegen.
Heiner spürte, wie ihm das Herz in die Hose rutschte.
»Echt?«
»Echt!« sagte Herr Fuchs, der dieses Wort unter normalen Umständen höchstens im Umgang mit Edelsteinen verwendete.
Entsetzlich! Welche Blamage!
Heiners Vater sagte: »Wenn du willst, kann ich dir jeden Begriff erklären.«
»Und warum haben Sie die Vamp . . . ähm, ich meine, Herrn Schocker und seine Freunde bespitzelt?« fragte Fuzzi und sah Dr. Wolf an. »Warum haben Sie die Abhörleitung gelegt?«
Wölfi Wolf wirkte nun sehr verlegen, zumal Jochen Schocker ihn nun mit einem Blick erdolchte und die restlichen Anwesenden ihn fragend mu-

sterten. Schließlich kam er nicht darum herum, mit der Wahrheit herauszurücken. Er hatte die angeblichen Vampire ausspionieren wollen, weil er befürchtete, daß sie etwas gegen ihn und seine Kollegen planten. Die »Vampire« waren Berufsautoren, die »Werwölfe« hingegen gingen alle einem bürgerlichen Beruf nach und schrieben ihre Gruselgeschichten nebenher. Wölfi Wolf war tatsächlich Nervenarzt. Die Alpträume seiner Patienten hatten ihn schon vor Jahren inspiriert, Horrorgeschichten zu Papier zu bringen. Er und seine Freunde hatten sich die Feindschaft der Profis zugezogen, weil die »Werwölfe« für sie eine mißliebige Konkurrenz darstellten.

»Wir sind nach Burg Bimsstein gekommen«, erklärte Jochen Schocker, »weil wir überlegen wollten, wie wir verhindern können, daß diese Amateure noch weiter in unsere Domäne einbrechen. Wir sind nämlich die Autoren der beliebten Gruselheftchenserie . . .«

»Sagen Sie doch gleich ‚Schundheftchenserie'!« raunzte Dr. Wolf höhnisch.

». . . der beliebten Gruselheftchenserie ‚Gonzo Gugglhupf auf Vampirjagd'.« Schocker maß Dr. Wolf mit einem Blick, der nichts Gutes verhieß. »Und seit sie gestartet ist, hat dieser freche Amateurklüngel eine Schundheftchenserie namens ‚Gary Glupp, der Geisterbeschwörer' auf den Markt gebracht, die unseren Gonzo schamlos kopiert. Das stinkt uns ganz gewaltig, denn damit gehen uns die Leser flöten.«

»Wir kopieren nicht!« fauchte Dr. Wolf. »Und außerdem ist unser Gary Glupp viel besser als Ihr blöder Gonzo Gugglhupf.«
»Ihr habt unsere Idee geklaut!« zischte Jochen Schocker. »Ihr solltet euch schämen.«
»Achten Sie auf Ihre Worte, Schocker«, erwiderte Dr. Wolf aufgebracht. »Sie vergessen wohl, daß Sie mit einem Akademiker reden.«
»Akademiker? Daß ich nicht lache! Wieviel haben Sie für Ihren Doktortitel bezahlt?«
»Wir hatten eben zufällig zur gleichen Zeit die gleiche Idee«, schnaubte Dr. Wolf.
»Pah!« Jochen Schocker blitzte ihn an. »Wir sind alte Hasen in diesem Gewerbe. Unsere Ideen sind einmalig!«
»Aus Ihnen spricht der Größenwahn.«
»So was brauche ich mir von einem blutigen Amateur doch nicht sagen lassen!«
Bestimmt wäre es so noch eine ganze Weile weitergegangen, wenn Baron Ludwig, dem Streit der beiden Horrorschreiber überdrüssig geworden, inzwischen nicht eine der alten Truhen geöffnet hätte. Herr Fuchs, der ihm dabei interessiert über die Schulter schaute, warf einen Blick auf die angestaubten Wälzer und rief überrascht: »Potztausend! Was sehe ich! Das sind doch die legendären Räuberromane von Ritter Wahnfried!«
Selbst Jochen Schocker und Dr. Wolf vergaßen ihre Auseinandersetzung. Alle Anwesenden scharten sich um die Truhe, reckten den Hals und machten große Augen.

»Wieviel, haben Sie gesagt, ist das Zeug wert?« fragte der Baron mit vor Erregung bebender Stimme. »Eine Million?«
»Mindestens«, erwiderte Herr Fuchs. Er kniete auf dem Boden und begutachtete die Schätze mit leuchtenden Augen. »Sieh dir das an, Schmitti! Da muß doch dein Dichterherz vor Freude hüpfen.« Er nahm einen der Wälzer in die Hand und blies den Staub vom Umschlag. »Und sie sind alle gut erhalten. Das Museum für Räuberromane in Krottendorf wird Sie herzen und küssen, Herr Baron.«
»Ein Scheck über eine Million wäre mir lieber«, murmelte dieser.
»Hurra!« jubelte Linda. Sie riß Heiner in ihre Arme und wirbelte ihn herum. »Wir kriegen eine Million! Jetzt können wir endlich die ganze Burg renovieren.«
Gustav und die Bauarbeiter freuten sich ebenfalls. Jetzt hatten sie für ein paar Jahre sichere Arbeit.
»Und das verdanken wir nur Ihnen«, sagte der Baron und schüttelte Jochen Schocker und Dr. Wolf die Hand. »Wären Sie nicht hierhergekommen, hätten die Jungs nie hier rumgestöbert, und kein Mensch wäre auf die Idee gekommen, diesen Raum zu betreten. – Ich danke Ihnen. Nächstes Jahr können Sie mit Ihren Gattinnen bei uns sechs Wochen kostenlosen Urlaub verbringen. – Und ihr natürlich auch.« Er zwinkerte Fuzzi und Heiner zu.
Sie zwinkerten zurück.
Heiner hatte allerdings leise Zweifel, ob er bis dahin schon verheiratet war.

»Au ja«, sagte Linda, »dann komme ich auch.«
»Aber dann machen wir Urlaub ohne Vampire und Werwölfe«, meinte Heiner.
Fuzzi grinste. »Ich hab' doch immer gewußt, daß es so etwas nicht gibt.«
»Auf diesen Fund gebe ich eine Runde aus!« rief der Baron. »In die Burgschenke! Vergeßt, wie spät es ist! Für die Erwachsenen Wein, für die Minderjährigen Apfelsaft!«
»Hurra!« brüllten die Bauarbeiter, die nichts gegen ein gutes Tröpfchen Wein hatten.
In der Burgschenke trafen sie auf den Rest der Vampire und Werwölfe. Der Hauptteil von Gustavs Leuten hatte sie in die Gaststube gejagt, wo sie wie arme Sünder an den Tischen saßen und Däumchen drehten.
Die Bauarbeiter staunten nicht schlecht, als der Baron sie anwies, sich mit den vermeintlichen Lumpen und Tagedieben zu verbrüdern. Es dauerte nicht lange, dann prosteten die »Dichter« und ihre Verfolger sich lachend zu.
Heiner, Fuzzi und Linda stießen mit einem Saft an und freuten sich, daß sie niemandem von der Vampir- und Werwolf-Theorie erzählt hatten. Ihre Blamage wäre unsterblich gewesen.
Irgendwann im Verlauf der Nacht stellten sie fest, daß sich auch die Profis und Amateure näherkamen. Jochen Schocker und Dr. Wolf diskutierten lebhaft die Frage, ob man in Zukunft nicht zusammenarbeiten sollte. Vielleicht konnten die Amateure den Profis Ideen liefern? Gegen zwei Uhr in

der Früh gestanden sie sich, daß ihnen die Gruselschreiberei – Gonzo Gugglhupf hin, Gary Glupp her – im Grunde kilometerweit zum Halse heraushing, und sie fragten sich, ob sie nicht lieber auf ein anderes »Genre« umsteigen sollten. Abenteuerromane waren wieder groß im Kommen.

Homer Lundquist und Bonifatius von Kyffhäuser saßen zusammen an einem Tisch, frischten alte Jugenderinnerungen auf und amüsierten sich königlich. Felix traute sich nicht in ihre Nähe; er saß mit Marie-Antoinette in einer Ecke und raufte sich die Haare.

Erst als Herr Fuchs ankündigte, Oberschulrat Ossenkopp werde wohl auf der Wiener Konferenz ohne ihn auskommen müssen, weil er heute nacht feiern wolle, und Harry Schmidt erwähnte, er habe nun keine Lust mehr, nach Stockholm zu fahren, weil ihm eine lustige Nacht mit seinem alten Kumpel Eumel wichtiger sei, lebte Felix wieder auf.

»Und wie«, fragte Fuzzi, »bringen wir unseren Vätern bei, mit wem sie am Tisch sitzen?«

Heiner fiel Scarlett O'Hara ein, die Heldin aus dem berühmten Roman »Vom Winde verweht«. Sie hatte in einer ähnlichen Lage den klugen Satz gesagt: »Das überlegen wir uns morgen.« Und dann fiel ihm noch ein Spruch von Fuzzi ein: »Eine echte Freundschaft muß auch mal einen ordentlichen Schreck vertragen können.«